KB209754

쓰레기왕국
톰스랜드

쓰레기 왕국

톰스랜드

❷ 톰스파크와 해일

정도영 글 · 그림

주니어마리

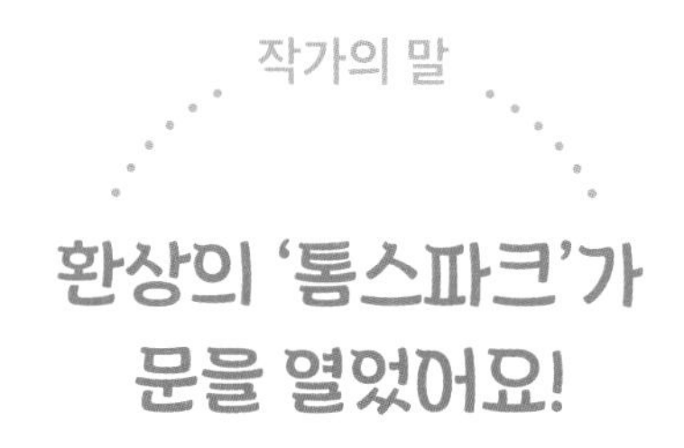

아기는 수없이 넘어지고 일어서기를 반복하며 걸음마를 배웁니다. 때로는 넘어져 다쳐서 울기도 하지만, 언제 그랬느냐는 듯 다시 일어서지요. 여러분도 아기였을 때 이런 과정을 거쳐 지금처럼 걷고 뛰어다닐 수 있게 되었을 거예요.

1편에서 삼총사는 쓰레기를 재활용해 직접 만든 경주용 자동차 '볼트'로 레이싱 대회에서 어른들을 제치고 우승을 차지합니다. 2편에서는 이미 레이싱 대회 우승이라는 꿈을 이루었는데도, 또 다른 발명품을 만들어 새로운 도전을 이어 가요. 비록 쉽지 않은 과정이었지만, 삼총사의 발명품은 위기 상황에서 그 힘을 발휘합니다.

톰스랜드는 이웃에 다른 소인국들이 있다는 사실을 알게 됩니다. 톰스랜드 시장님은 그들과 교류하며 거대한 테마파크인 톰스파크를 만들어 큰 성공을 거두지요.

톰스랜드 사람들은 플라스틱 비행선을 타고 톰스파크에 도착합니다. 그리고 환상적인 톰스파크의 매력에 푹 빠집니다. 톰스파크는 톰스랜드의 자부심이 되었습니다.

그런데 그것도 잠시, 어느 날 갑자기 거대한 해일이 덮칩니다. 자연재해 앞에 톰스랜드와 톰스파크는 무기력하게 무너지고 맙니다. 공든 탑이 하루아침에 무너지듯 말이지요. 아기가 수없이 넘어져도 다시 일어서는 것처럼, 삼총사와 톰스랜드 사람들은 이 위기를 헤쳐 나갈 수 있을까요?

펭귄이 먹잇감을 구하려면 바다에 뛰어들어야 해요. 하지만 바다에는 무시무시한 범고래와 바다표범이 펭귄을 잡아먹으려고 기다립니다. 그 사실을 아는 펭귄은 좀처럼 바다에 뛰어들지 못하고 망설이게 마련이지요. 하지만 이때 두려움을 떨치고 가장 먼저 바다에 뛰어드는 펭귄이 있는데, 바로 퍼스트 펭귄입니다.

톰스랜드 사람들은 그동안 섬을 벗어나 새로운 세상으로 나아갈 생각을 단 한 번도 하지 못했습니다. 건너편 세상에는 무시무시한 거인이 살 거라는 막연한 두려움만 가지고 있었지요. 하지만 삼총사는 달랐어요. 이들은 친구를 구하기 위해 퍼스트 펭귄처럼 용기를 내어 처음으로 톰스랜드를 떠나 모험을 시작합니다. 과연 이들 앞에는 어떤 일들이 기다리고 있을까요?

2024년 11월

정도영

toms

LAND

차례

등장 인물

유안이

어릴 때부터 단짝인 예강이, 도건이와 함께 톰스랜드 삼총사로 불려요. 삼총사 가운데 몸집은 가장 작지만 모험심이 강해요. 경주용 자동차 볼트와 인명 구조 로봇 쿵의 설계를 도맡았어요.

예강이

톰스랜드 삼총사 중 한 명으로 호기심이 강해 질문을 많이 해요. 장난꾸러기이지만 무척 지혜로워요. 문제가 생겼을 때 해결 방법을 척척 찾아내지요. 큰 새에게 잡혀가요.

도건이

톰스랜드 삼총사 중 한 명이에요. 소심하지만 차분하고 세심한 성격이에요. 한번 시작한 일은 무엇이든 중간에 포기하지 않고 끝까지 해내요. 유안이와 함께 예강이를 찾으러 떠나요.

유안이 아빠

톰스랜드의 건축가예요. 손재주가 좋아서 뭐든 뚝딱뚝딱 잘 만들어 내요. 쓰레기로 버려진 신발을 재활용해 신발 다세대 주택을 설계했고, 시장님을 도와 테마파크인 톰스파크를 설계했어요.

유안이 엄마

모험심이 강한 유안이와 건축가 남편을 항상 지지하고 응원해 주어요. 가족과 함께 톰스파크를 방문해요.

시장님

톰스랜드의 시장님이에요. 톰스랜드의 앞선 기술과 제품을 다른 소인국들에 수출하고, 톰스랜드의 발전을 위해 톰스파크를 만들어요.

재이

평소 겁이 많지만 발명에 열심이에요. 스카이 콩콩 운동화를 만들어 발명 대회에서 우승했어요. 삼총사를 경쟁 상대로 여기면서도 닮고 싶어 해요.

리사

조용하지만 당찬 아이예요. 발명 대회에서 하늘을 나는 특수한 모자를 만들어 우승했어요. 삼총사와 함께 위기에 처한 사람들을 구해요.

예강이 삼촌

예강이의 삼촌이에요. 간판, 광고지 등을 찍어 내는 인쇄소를 운영해요. 톰스파크의 홍보 포스터를 제작했고, 톰스파크를 알록달록하게 색칠했어요.

도건이 할아버지

손자인 도건이를 무척 아끼고 사랑해요. 나이가 많아 움직이기 불편하지만, 톰스파크를 방문해 다양한 놀이기구를 타며 아이 못지않게 즐거워해요.

철기 아저씨

음식 저장소의 기계실에서 일해요. 기계에 관한 지식이 풍부해 어떤 기계든 쉽게 다루어요. 톰스랜드와 톰스파크의 동력 개발을 맡고 있어요.

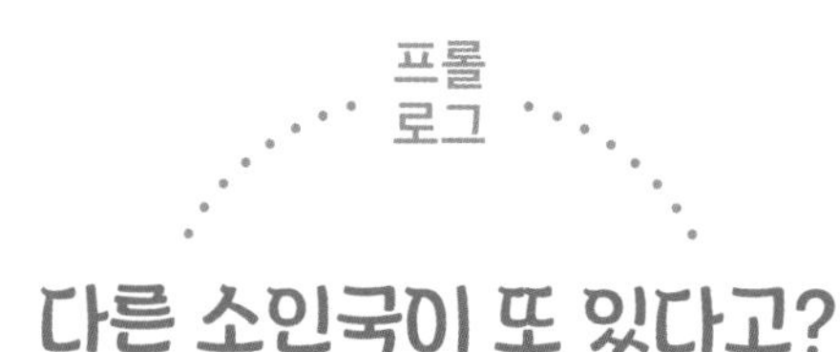

프롤로그

다른 소인국이 또 있다고?

톰스랜드 사람들은 종종 플라스틱 파이프로 만든 배를 타고 길을 나섰습니다. 바다 위를 떠다니는 쓰레기를 살피기 위해서였지요.

바다 위에 안개가 자욱한 어느 날이었습니다. 반대편에서 나무로 만든 뗏목 한 척이 나타났습니다. 그 배에 탄 사람들이 톰스랜드 사람들을 향해 손짓을 했습니다.

“배를 멈춰야 할 것 같은데?”

톰스랜드 사람 중 누군가가 말했습니다. 그 순간, 두 척의 배 사이로 또 다른 배가 빠르게 스쳐 지나갔습니다. 하마터면 배 세 척이 ‘쿵’ 하고 부딪칠 뻔했지 뭐예요!

“아이고, 놀라라!”

“다들 괜찮으세요?”

여기저기서 서로 안부를 묻는 소리가 들려왔습니다.

“죄송합니다. 오늘따라 안개가 자욱해서 앞에 배가 있는 줄 몰랐어요. 처음 뵙는 분들 같은데 어디에서 오셨나요?”

마지막으로 나타난 배에 탄 사람 중 한 명이 사과하며 물었습니다.

“안녕하세요. 저희는 톰스랜드에서 왔습니다.”

톰스랜드 사람들이 인사했습니다.

“톰스랜드라고요? 처음 뵙겠습니다. 저희는 샬라송랜드에서 왔습니다. 탕탕랜드 배를 만나 서로 양식을 교환하려던 참이었어요.”

“반갑습니다. 저희는 탕탕랜드에서 왔습니다.”

샬라송랜드와 탕탕랜드 사람들도 잇따라 인사했습니다.

이들은 톰스랜드 사람들이 태어나서 처음으로 만난 섬 바깥 사람들이었습니다. 톰스랜드 사람들과 생김새가 같은 소인이었지요. 톰스랜드 말고 다른 소인국도 있었던 것입니다.

탕탕랜드와 샬라송랜드는 톰스랜드에서 조금 떨어진

섬나라였습니다. 두 나라는 오래전부터 이 지점에서 만나 양식을 교환해 왔습니다. 탕탕랜드 배의 커다란 플라스틱 통 안에는 탐스러운 과일과 곡식이 가득했고, 샬라송랜드의 배는 싱싱한 생선으로 꽉 차 있었습니다. 톰스랜드에서는 보기 힘든 질 좋은 먹을거리였습니다.

"이렇게 탐스러운 과일과 신선한 물고기를 어떻게 얻었나요?"

"탕탕랜드에서는 아무렇게나 심어도 질 좋은 과일과 곡

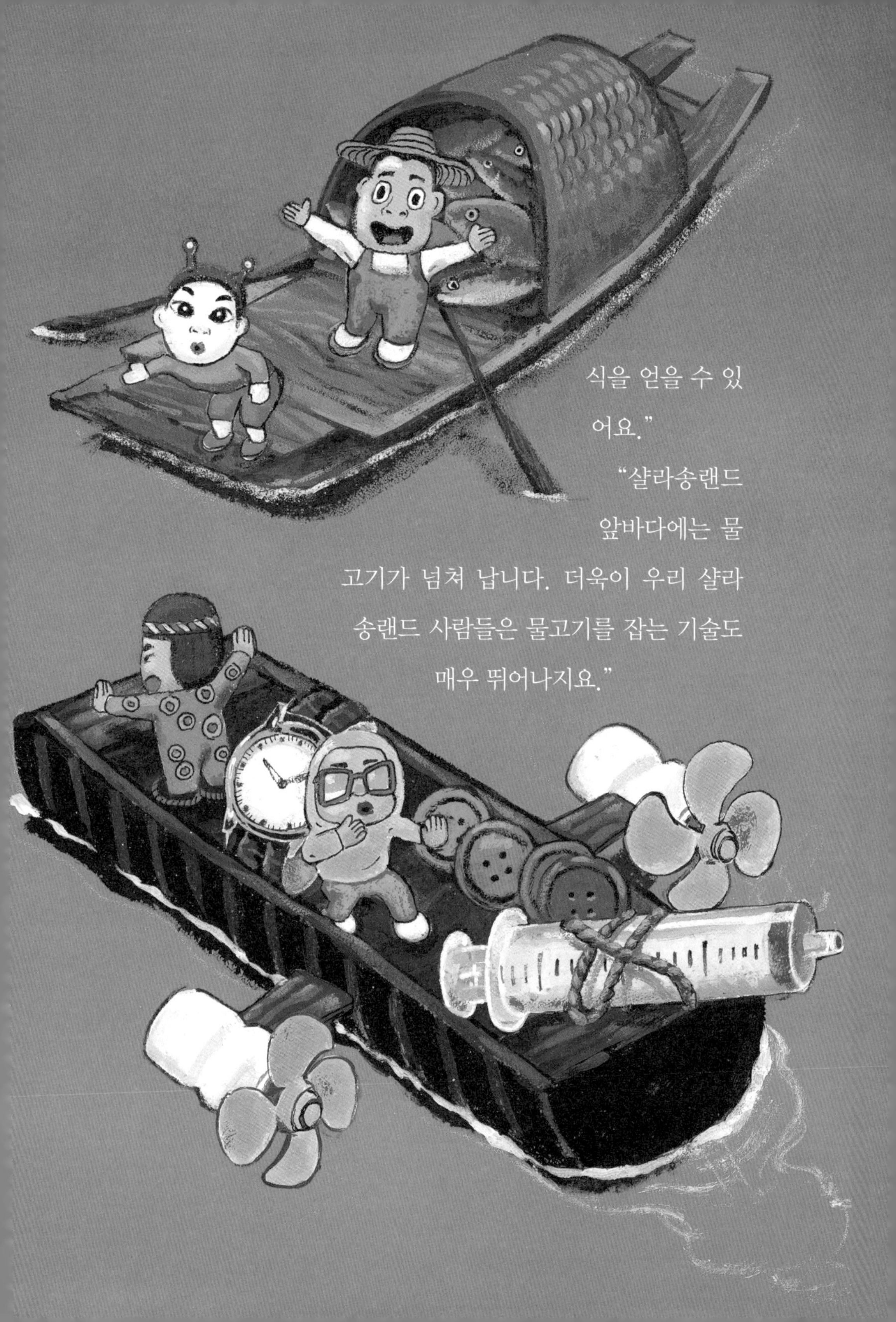

식을 얻을 수 있
어요."
"샬라송랜드
앞바다에는 물
고기가 넘쳐 납니다. 더욱이 우리 샬라
송랜드 사람들은 물고기를 잡는 기술도
매우 뛰어나지요."

"그런데 톰스랜드의 배는 아주 독특하네요?"

톰스랜드 사람들은 이웃 소인국의 풍족한 먹을거리에 눈길이 갔습니다. 반대로 두 나라는 톰스랜드의 배에 쓰인 독특한 재료와 기술에 관심을 보였지요. 나무로 만든 두 나라의 배 모습은 비슷했지만, 플라스틱 쓰레기를 재활용해 만든 톰스랜드의 배는 생김새부터 달랐습니다.

"우리 톰스랜드에서는 플라스틱 쓰레기를 재활용해서 배를 만듭니다. 그리고 모터를 달아 전기의 힘으로 배를 움직이지요."

"쓰레기를 재활용하다니 정말 대단하군요! 사실 우리 샬라송랜드는 파도에 떠밀려 오는 쓰레기 때문에 골머리를 앓고 있어요."

"거기다 회전하는 노라니, 정말 신기하군요. 사람이 힘을 가하지 않아도 자동으로 돌아가는 건가요?"

"그렇습니다. 톰스랜드에서는 대부분이 자동으로 움직인답니다."

"정말인가요? 톰스랜드에 꼭 한번 가 보고 싶네요."

"우리도 먹을거리가 풍부한 두 나라에 꼭 가 보고 싶군요."

이 소식은 곧 톰스랜드 시장님의 귀에 들어갔습니다. 누구보다 진취적인 시장님은 몇몇 사람들과 두 나라를 차례로 방문했습니다.

먼저 방문한 탕탕랜드의 드넓은 벌판에는 농작물이 빼곡하게 자라고 있었습니다.

“우리 탕탕랜드는 예로부터 축복받은 땅으로 불렸습니다. 과일이든 곡식이든 아무렇게나 ‘탕탕’ 심기만 해도 쑥쑥 자라거든요.”

안내를 맡은 탕탕랜드 사람이 자랑스럽게 말했습니다.

시장님은 주먹보다 큰 탐스러운 과일을 보고는 다시 한번 감탄했습니다.

“정말 부럽습니다. 우리 톰스랜드 땅은 이 정도로 기름지지가 않습니다.”

“우리는 기술이 발달한 톰스랜드가 더 부럽습니다. 쓰레기 더미 때문에 고민이 많은데, 버려진 쓰레기를 재활용하려고 생각하다니 정말 대단합니다.”

“쓰레기 재활용은 우리 톰스랜드에 너무나도 절실한 일

이었습니다. 그 문제를 해결하지 못했다면 아마도 먼 곳으로 옮겨 갔을지도 모릅니다. 하지만 이제 우리 톰스랜드 사람들은 쓰레기를 기회로 보고 있어요."

"놀랍군요. 앞선 문명도 체험할 겸 한번 방문하겠습니다."

"언제든 환영입니다."

탕탕랜드에서는 톰스랜드 시장 일행에게 농작물을 선

물로 잔뜩 싸 주었습니다.

톰스랜드의 배는 이번에는 샬라송랜드로 향했습니다. 샬라송랜드 앞바다에는 온갖 배가 즐비했습니다. 탕탕랜드가 풍요로운 농업의 나라였다면 샬라송랜드는 활기찬 어업의 나라였습니다. 바다에 던진 그물을 건져 올리는 족족 물고기로 가득 찼습니다. 그 모습은 신기하기까지 했습니다.

시장님이 자신의 발 앞에 떨어진 물고기가 팔딱 뛰는 모습을 보며 물었습니다.

"신선한 물고기를 어떻게 하면 이렇게 많이 잡을 수 있습니까?"

"특별한 방법이 있는 건 아닙니다. 우리 샬라송랜드 앞바다는 예로부터 신이 선택한 바다로 불렸습니다. 바다 가득 물고기들이 넘쳐 나거든요."

"정말 부럽습니다. 그런데 이렇게 많은 물고기를 어떻게 보관하십니까?"

"소금에 절이거나 햇볕에 말리거나 서늘한 땅속에 보관합니다. 이렇게 하면 오래 보관할 수 있지요. 그러다가 필요할 때마다 탕탕랜드의 질 좋은 농작물과 교환하곤 한답니다."

"오, 두 나라에게 서로 이익이 되는 거래겠군요."

"그렇습니다. 그런데 우리 샬라송랜드는 바다를 오염시키는 쓰레기들 때문에 골치를 썩고 있습니다. 파도에 떠밀려 온 쓰레기 때문에 물고기들이 떼죽음을 당한 적도 있지요. 톰스랜드에서는 쓰레기 문제를 해결했다고 들었는데, 그 방법을 알려 주실 수 있을까요?"

"우리도 쓰레기 문제를 완전히 해결한 것은 아닙니다. 하지만 톰스랜드를 방문하신다면, 그 문제를 어떻게 해결

하는지 보여 드리겠습니다."

"네, 감사합니다. 이건 샬라송랜드에서 드리는 선물입니다. 가져가서 맛있게 드세요."

샬라송랜드 사람들은 신선한 물고기를 배에 가득 실어 주었습니다.

톰스랜드로 돌아온 시장님은 곧바로 사람들을 불러 모았습니다.

"여러분, 오늘 저는 톰스랜드 밖에 있는 다른 나라에 다녀왔습니다. 바로 탕탕랜드와 샬라송랜드입니다."

시장님의 말을 듣고 사람들은 깜짝 놀랐습니다. 시장님이 이어서 말했습니다.

"우리 톰스랜드말고도 주변에 소인국이 더 있는 것 같습니다."

사람들 모두가 그럴 거라고 생각했습니다. 이렇게 넓은 바다에 소인국이 톰스랜드뿐일 리는 없으니까요.

"한 나라는 과일과 곡식이 넘쳐 났고, 또 다른 나라는 물고기를 잡는 기술이 뛰어났습니다. 우리 톰스랜드의 쓰레기 재활용 기술을 이 두 나라에 제공한다면, 서로 도우며 모두가 풍족하게 살아갈 수 있을 것입니다."

시장님이 확신에 찬 목소리로 말했습니다. 하지만 톰스랜드는 지금까지 다른 나라와 교류한 적이 한 번도 없었습니다.

사람들은 걱정스러운 듯 웅성웅성 이야기를 주고받았습니다. 그 모습을 본 시장님이 제안했습니다.

"그럼 투표로 결정합시다!"

다른 나라와 교류 8

투표 결과는 교류하지 말자는 쪽이 대다수였습니다. 교류하자는 쪽은 단 8표뿐이었지요.

"만약 그들이 우리 기술을 배워서 쳐들어오면 어떻게 하나요?"

"그들을 어떻게 믿고 그런 거래를 한단 말입니까?"

반대하는 사람들이 외쳤습니다. 그러자 시장님이 설득에 나섰습니다.

“다른 소인국 사람들도 우리 톰스랜드 사람들처럼 부지런하고 선해 보였습니다. 이들과 교류하면 앞으로 신선한 과일과 곡식, 물고기를 풍족하게 먹을 수 있습니다. 그리고 그 두 나라의 쓰레기를 모른 체하고 방치하면 결국 우리에게 돌아오게 되어 있습니다. 우리가 개발한 쓰레기 재활용 기술은 널리 나누고, 우리는 더욱 앞선 기술을 개발하면 됩니다. 특히 지금 개발 중인 '톰스파크'는 쓰레기 재활용 기술을 한데 모은 곳이지요. 그런 만큼 다른 소인국과 교류하며 더욱 혁신적인 사업으로 키울 수 있을 것입니다!"

시장님의 진심 어린 설득에 대부분 찬성하는 분위기로 바뀌었습니다.

탕탕랜드 그리고 샬라송랜드와 교류하기로 한 톰스랜드에 앞으로 어떤 일들이 펼쳐질까요?

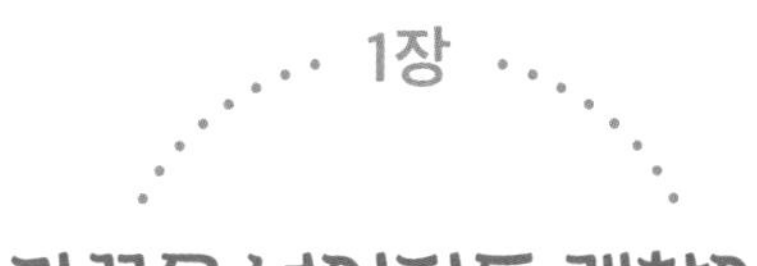

1장
가끔은 넘어져도 괜찮아!

"와, 정말 높이 뜨네요. 진짜 신기합니다!"

"스카이 콩콩 운동화, 정말 대단하군요!"

"오늘 소개된 발명품들 중에서 관객들의 반응이 가장 뜨거운 것 같은데요?"

오늘 톰스랜드 초등학교에서는 인명 구조를 주제로 한 발명 대회가 열렸습니다.

재이가 만든 '스카이 콩콩'은 스프링을 활용한 특수 운동화였습니다. 스카이 콩콩 운동화를 신고 힘차게 발을 구르면 키의 두세 배 높이까지 뛰어오를 수 있었습니다.

재이는 또래 아이들보다 덩치가 컸지만, 스카이 콩콩 운동화를 신으면 몸놀림이 나비처럼 사뿐사뿐 가벼워졌습니다. 스프링은 평소에는 신발 속에 넣어 두었다가 필요할 때 튀어나오게 할 수도 있었지요.

다음 발표자는 리사였습니다. 조용하지만 당찬 여자아이인 리사는 둥그런 모양의 특수한 모자를 쓰고 있었습니다. 바로 '하늘을 나는 모자'였습니다.

나비 모양의 태엽 손잡이를 몇 바퀴 돌리자, 모자 위에 달린 프로펠러가 돌아가더니 놀라운 일이 일어났습니다.

"저것 좀 봐! 발이 땅에서 뜨는 것 같아."

"위로 날아오르고 있어!"

모두가 눈을 동그랗게 뜨고, 리사의 발이 서서히 땅에서 뜨는 모습을 지켜보았습니다. 이 모자를 쓰면 위험에 처한 사람들을 구하기 좋을 것 같았습니다. 발표를 지켜보던 아이들이 환호성을 질렀습니다. 두 아이의 발명품은 정말 대단했습니다.

하지만 오늘 발명 대회에서 모두가 가장 기대하는 순서가 아직 남아 있었습니다. 바로 톰스랜드 레이싱 대회 우승자인 삼총사의 순서였지요. 톰스랜드의 가장 큰 레이싱 대회에서 우승한 만큼 삼총사는 여전히 유명했습니다. 삼총사는 사람들의 기대에 걸맞은 멋진 발명품을 선보이려고 열심히 노력했습니다.

"여러분, 드디어 삼총사의 발명품이 나왔습니다!"

커튼이 걷히자 엄청난 크기의 로봇이 무대에 등장했습니다.

"와, 역시 톰스랜드 삼총사야!"

"로봇을 발명하다니, 정말 대단해!"

"일등은 문제없겠는걸?"

아이들이 감탄하며 소리쳤습니다.

삼총사는 이번에도 힘을 합쳐서 큰 손을 가진 인명 구조 로봇 '쿵'을 만들었습니다. 쿵은 게임기와 인형 뽑기 기계의 팔을 재활용해 만든 발명품이었습니다. 쿵은 커다란 두

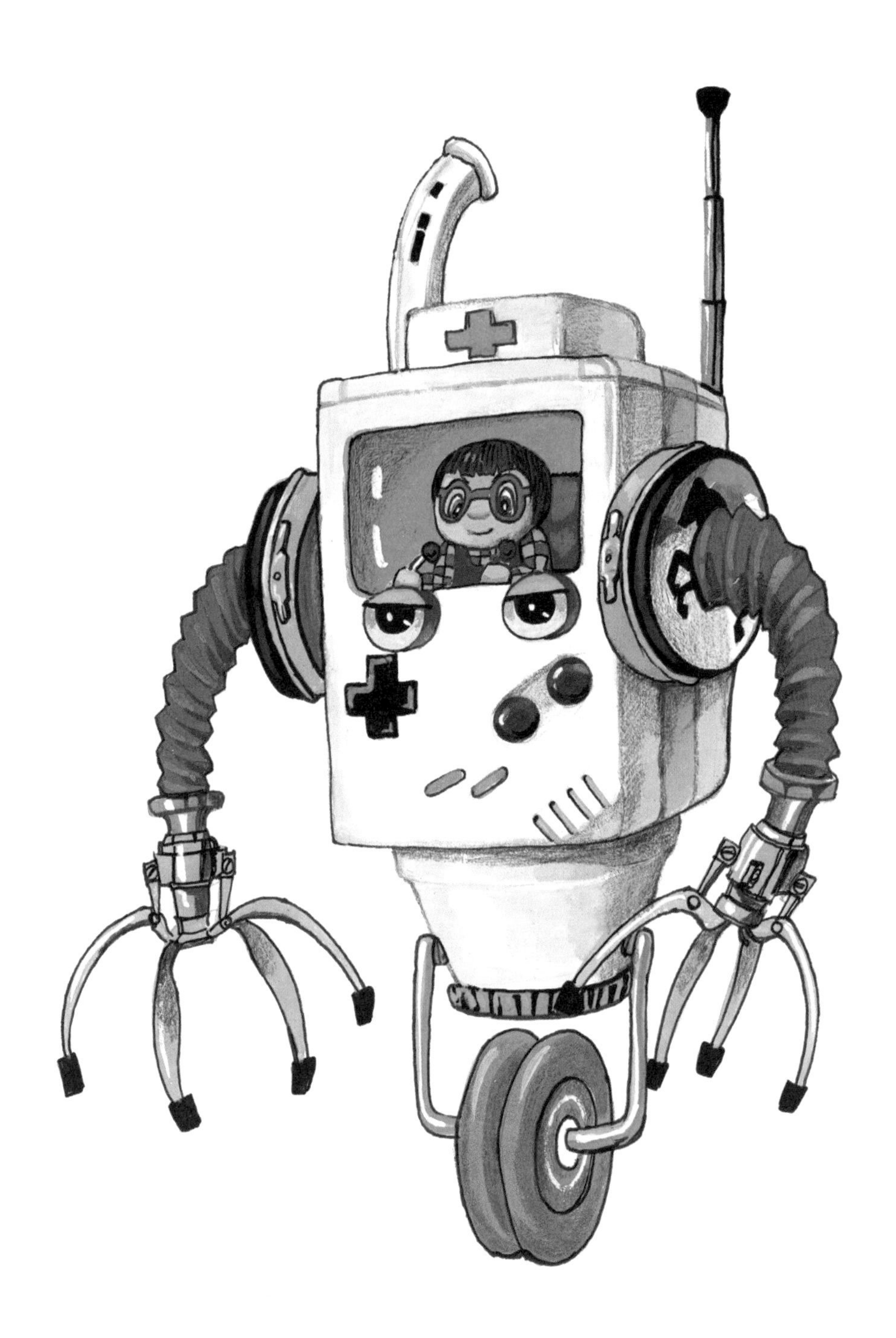

팔로 사람을 옮길 수 있었고 무거운 짐도 거뜬하게 나를 수 있었습니다. 이번에도 삼총사가 우승할 것 같았습니다.

먼저 쿵은 빠른 속도로 이동하는 모습을 보여 주었습니다. 전기 모터를 능숙하게 활용하는 삼총사가 더욱 발전된 장치를 만든 덕분이었습니다.

"이제 쿵이 저희 둘을 어떻게 옮기는지 봐 주세요."

예강이가 이렇게 말하며 도건이와 높은 곳에 나란히 섰습니다. 유안이는 쿵의 팔을 조종해 예강이와 도건이를 감싸안고 사뿐히 들어 옮겼습니다. 모든 것이 순조롭게 진행되었습니다.

그런데 잠시 뒤, 폭이 좁은 바퀴가 순간적으로 균형을 잃고 양옆으로 불안하게 비틀거렸습니다.

쿵!

"앗!"

쿵이라는 이름 때문이었을까요? 구조 로봇은 커다란 소리를 내며 발라당 넘어졌습니다. 많은 사람이 보는 가운데 보기 좋게 망신당한 것이었지요. 여기저기서 웃음소리가 터져 나왔습니다.

"흥! 의욕만 앞섰지, 톰스랜드 레이싱 대회 우승자도 별

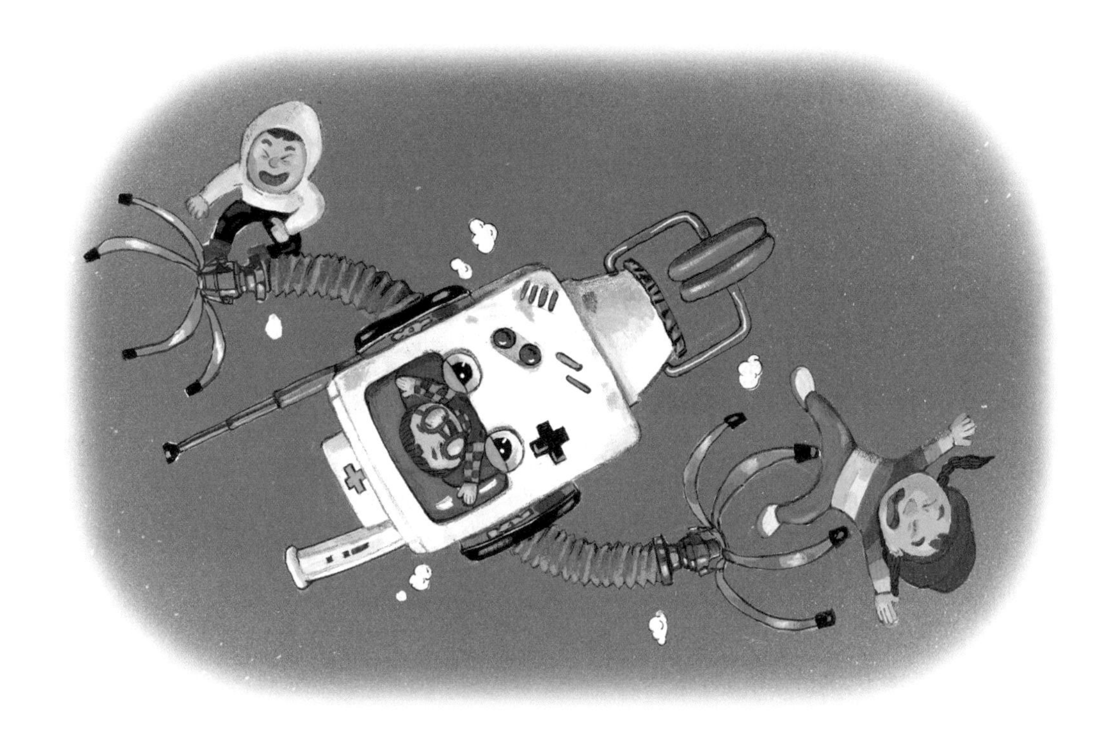

거 아닌데?"

스카이 콩콩 운동화를 발명한 재이가 코웃음 치며 말했습니다.

짝짝짝!

하지만 시장님은 달랐습니다. 손뼉을 치며 삼총사를 위로해 주었습니다.

"정말 대단했어! 역시 너희구나. 조금만 더 보완한다면 구조 현장에서 충분히 쓸 수 있을 것 같다."

"시장님도 계시는데 망신을 당하다니. 더 잘하고 싶었는데, 내가 조종을 못해서 미안해."

유안이가 예강이와 도건이에게 사과했습니다.

"아니야, 유안아. 우리가 아직 부족해서 그런 거야. 시장님 말씀대로 조금만 더 보완하면 훨씬 좋아질 거야."

도건이가 유안이의 어깨를 토닥이며 격려했습니다.

결국 톰스랜드 초등학교 인명 구조 발명 대회의 우승은 재이의 '스카이 콩콩 운동화'와 리사의 '하늘을 나는 모자'에 공동으로 돌아갔습니다.

2장
톰스파크와 시장님

"으악!"

낮잠을 자던 유안이는 헤엄치듯 이리저리 팔을 휘젓다가 그만 침대에서 쿵 떨어졌습니다.

"저런, 꿈을 꾼 모양이구나?"

방으로 들어온 아빠가 물었습니다.

"이번 발명 대회에서 상을 타지 못해 실망했니?"

"아니요. 시장님이 조금만 더 보완한다면 구조 현장에서도 활용할 수 있을 것 같다고 하셨어요."

"그랬구나. 이번 발명 대회의 주제가 인명 구조였지?"

"네. 저희 셋 다 '위급한 상황이 발생했을 때 현장에 어

떤 도움이 필요할까?'라는 고민을 많이 했어요. 힘도 세야 하고 빨라야 하고 무엇보다 안전해야 한다고 생각했지만, 아직은 무리였나 봐요."

"아빠도 같은 생각이야. 위급한 현장에서는 힘과 속도, 안전 이 세 가지 요소가 꼭 필요하지. 하지만 실패를 해 봐야 성공도 할 수 있단다. 너희 삼총사가 이번에 만든 발명품을 보고 아빠는 꽤 놀랐어. 너희가 언제 이렇게 성장했나 싶어서 말이야."

"아, 정말이요?"

아빠의 칭찬에 유안이는 쑥스러워 빙그레 웃었어요.

다음 날, 유안이는 가족들과 발명 대회에 관한 이야기를 나누다가 문득 톰스파크에 대해 궁금증이 생겼습니다.

“아빠, 톰스파크는 처음에 어떻게 시작된 거예요?”

“톰스랜드 근처에는 작은 섬이 몇 개 있는데, 그중에서 톰스랜드와 가장 가까운 섬 전체를 놀이 시설로 만들기로 계획했단다. 그게 바로 톰스파크야.”

“섬 전체를 놀이 시설로 만든다고요?”

“그래, 톰스랜드에는 사람들이 즐길 만한 문화 시설이나 놀이 시설이 없잖아? 땅이 너무 좁아서 말이야. 그래서 다른 섬에 만들기로 한 거지.”

“오, 대단한 계획이네요.”

“그런데 시장님이 다른 소인국도 있다는 걸 알고, 톰스파크를 미래의 관광 산업으로 더욱 키우려고 하셨지.”

"시장님은 정말 대단하신 것 같아요. 그럼 언젠가는 거인국과 서로 오갈 수도 있지 않을까요?"

유안이가 물었습니다.

"글쎄다. 거인국에 과연 우리가 필요할까? 그리고 거인들은 뿔이 있는 도깨비처럼 무섭게 생겼다던데?"

아빠가 장난스럽게 말하자, 유안이가 자신 있게 소리쳤습니다.

"에이, 아직 거인국 사람들을 만나 본 적도 없잖아요. 그냥 소문일 뿐이죠. 우리가 거인국에 쓰레기를 활용하는 법을 알려 줄 수 있을 거예요. 어쨌든 쓰레기가 넘쳐 나는 곳은 거인국이니, 그들이 쓰레기 재활용법을 익힌다면 쓰레기가 훨씬 줄어들지 않을까요?"

"오호! 기특한걸, 우리 유안이."

아빠가 웃으며 유안이의 머리를 쓰다듬어 주었습니다.

3장

톰스파크에서 온 초대장

어느 날, 삼총사는 모처럼 작업실에 모여 앉아 얼마 전에 열린 발명 대회 이야기를 나누었습니다.

"얘들아, 우리가 만든 인명 구조 로봇 쿵의 문제가 뭐였을까?"

유안이가 물었습니다.

"내 생각에는 균형이야. 바퀴가 가운데에 하나만 달려 있어서 계속 비틀거릴 수밖에 없었어."

예강이가 대답했습니다.

"하지만 그 덕분에 좁은 길도 빨리 달릴 수 있었는데."

도건이가 아쉬운 표정으로 말했습니다.

"어휴, 빠른 속도와 날렵한 움직임 그리고 안전성까지 다 잡기란 정말 어려운 것 같아."

예강이가 작게 한숨을 쉬며 푸념을 했습니다.

"그러게 말이야. 다시 한번 사람들을 깜짝 놀라게 하려고 했는데, 조금 성급했나 봐. 아무튼 쿵의 문제점을 꼭 고쳐 보자!"

유안이가 주먹을 불끈 쥐며 말했습니다.

그때 '똑똑' 문을 두드리는 소리가 났습니다.

"안녕, 얘들아! 너희에게 편지가 왔단다."

우체부 아저씨였습니다.

"누가 보냈을까?"

"그러게. 너무 궁금한데? 빨리 열어 보자!"

삼총사는 흥분해서 서둘러 편지봉투를 열어 보았습니다. 그 안에는 톰스파크에서 온 초대장이 들어 있었습니다.

"와, 드디어 톰스파크가 완성됐구나!"

유안이가 뛸 듯이 기뻐하며 소리쳤습니다. 시장님은 잊지 않고 삼총사에게 톰스파크 초대장을 보내 주었습니다. 삼총사는 자리에서 펄쩍 뛰어오를 만큼 흥분했습니다. 톰스파크 방문을 무려 1년이 넘게 기다렸거든요.

“가족도 함께 방문할 수 있다고 적혀 있어.”

도건이가 기분이 좋은 나머지 콧구멍을 벌렁거리며 말했습니다.

“정말이네. 여기 예쁜 그림이 그려진 곳이 톰스파크로 출발하는 장소인가 봐.”

예강이가 초대장의 그림을 가리키며 말했습니다.

“바람의 언덕이야.”

초대장에는 이번 주 토요일 오전 11시, 톰스랜드에서 가장 높고 바람이 거세기로 유명한 ‘바람의 언덕’에서 출발한다고 되어 있었습니다.

“그런데 얘들아, 왜 이렇게 높은 언덕에서 출발할까? 톰스파크도 섬이니까 배를 타고 갈 줄 알았는데 말이야.”

유안이가 예강이와 도건이를 번갈아 보며 말했습니다.

"혹시 하늘을 날아서 가는 게 아닐까?"

"에이, 설마. 초대받은 사람이 몇 명인지는 모르지만, 동시에 하늘을 날아서 가지는 못할걸?"

도건이의 말에 예강이가 어깨를 으쓱하며 고개를 저었습니다.

시간이 지나 드디어 기다리던 토요일이 되었습니다. 유안이는 아빠, 엄마와 함께 출발했고 예강이는 그림쟁이 삼촌, 도건이는 아빠 그리고 할아버지와 함께 바람의 언덕으로 향했습니다.

"도건아, 정말 이 언덕에서 출발하는 게 맞니?"

가장 나이가 많은 도건이 할아버지는 언덕을 올라가는 게 매우 힘들어 보였습니다.

"네, 할아버지! 이제 다 왔어요."

도건이가 뒤에서 할아버지의 등을 밀며 대답했습니다.

언덕 위에 도착하니 이미 몇 사람이 와 있었습니다. 얼마 전 발명 대회에서 우승한 재이와 리사였습니다. 재이와 리사 역시 아빠, 엄마와 함께였습니다.

"오, 삼총사다! 잘 지냈어?"

리사가 먼저 인사했습니다.

"응, 그럭저럭 지냈어."

유안이의 대답에 이어 예강이가 인사했습니다.

"리사야, 재이야, 안녕."

"너희는 여기까지 오느라고 힘들었지? 나는 스카이 콩콩 운동화로 아주 빨리 왔는데. 조금만 기다려. 내가 곧 너희보다 더 유명해질 테니까!"

재이가 삼총사를 약 올리자 재이 아빠가 나무랐습니다.

"녀석, 말투하고는. 친구들과 사이좋게 지내야지."

승부욕이 강하고 자존심도 센 재이는 삼총사를 은근히 경쟁자로 여겼습니다. 하지만 속으로는 자신의 발명품을 삼총사에게 인정받고 싶었습니다.

"톰스파크는 섬으로 알고 있는데, 배를 타고 가기에 이 언덕은 바다에서 너무 멀지 않나요?"

"혹시 다른 교통수단이 있는 게 아닐까요?"

어른들이 어리둥절한 표정으로 한마디씩 했습니다.

"그나저나 저기에 있는 빨간색 가림막은 뭐지?"

유안이 아빠가 어딘가를 가리키며 말했습니다. 그곳에는 빨간색 가림막이 마치 커다란 바위처럼 생긴 물체를 덮고 있었습니다.

"다들 모이셨나요? 반갑습니다. 저는 여러분을 톰스파

크로 안내할 최 기장입니다."

최 기장 아저씨는 자신을 소개하며 사람들이 궁금해하던 빨간색 가림막을 벗겼습니다. 가림막 아래에 있는 물체가 어찌나 컸던지, 가림막을 전부 벗기기까지는 시간이 제법 걸렸습니다.

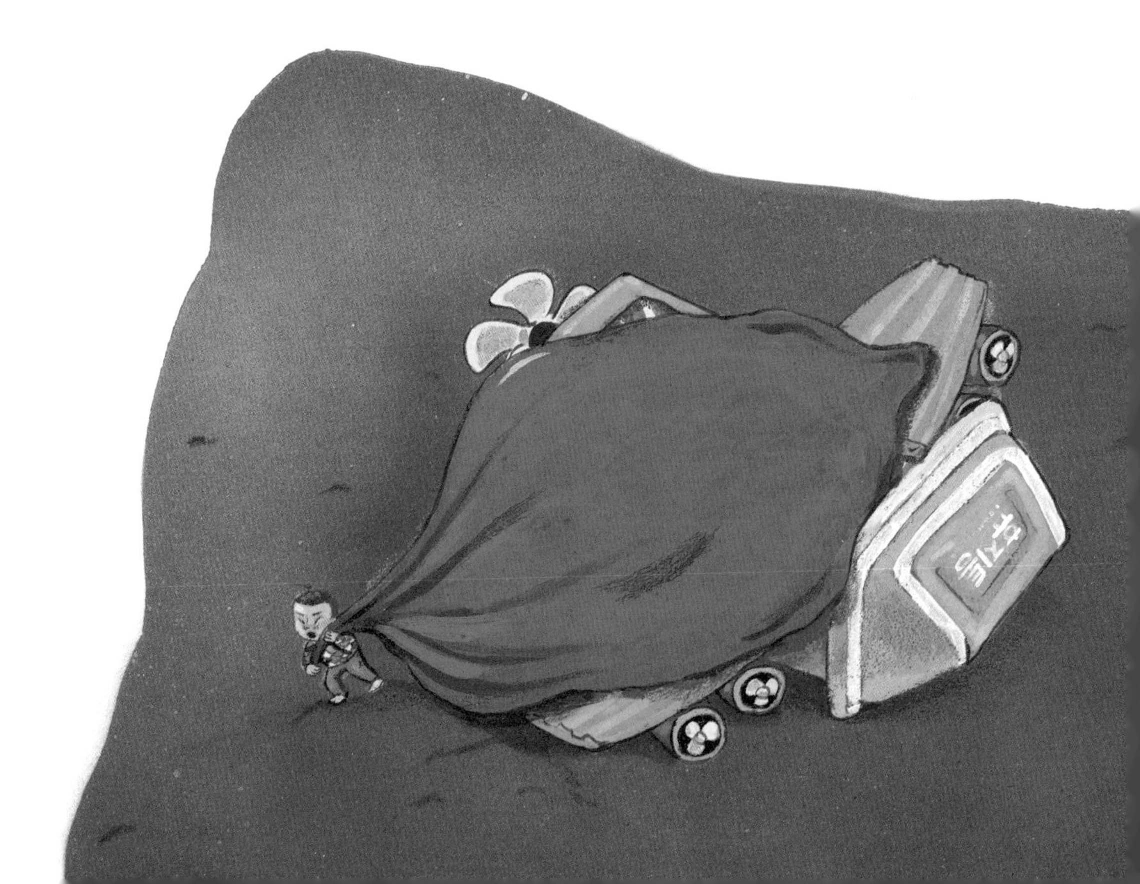

"자, 여기를 보시지요!"

최 기장 아저씨가 마지막으로 남은 가림막을 걷어 내며 말했습니다. 가림막을 전부 제거하자 마치 거대한 새 모양의 새로운 이동 수단이 모습을 드러냈습니다.

"와, 정말 대단한데?"

"이 물체를 타고 톰스파크로 가나요?"

사람들이 기대에 차서 물었습니다.

"네, 맞습니다. 톰스랜드 최초의 비행선이지요. 전체 몸통은 플라스틱으로 만들어졌고, 엔진을 가동해 새처럼 하늘을 날아갑니다."

최 기장 아저씨가 대답했습니다. 그 뒤를 이어 유안이 엄마가 물었습니다.

"참 근사하네요. 어떻게 만든 거죠?"

"해안가에서 발견한 거인들의 장난감인 동력 비행기로 하늘을 나는 이 비행선을 만들었어요."

비행선의 몸체인 플라스틱은 가볍고 공간을 활용하기도 좋은 재료였습니다. 사람들은 최 기장 아저씨의 설명에 고개를 끄덕였습니다. 톰스파크로 떠나는 여정은 처음부터 설렘 그 자체였습니다.

"자, 이제 출발합니다. 모두 안전띠를 매세요."

최 기장 아저씨가 말하자 재이가 조금 머뭇거리다가 물었습니다.

"저기 아저씨, 혹시 중간에 떨어지거나 하는 일은 없겠죠? 이렇게 큰 물체가 공중에 뜬다고 생각하니 불안해서요."

"글쎄다. 떨어진다고 하더라도 바다 위겠지? 혹시 헤엄칠 줄 모르니?"

"하하하!"

다른 친구들은 최 기장 아저씨의 말을 농담으로 받아들

였지만 겁 많은 재이는 딱딱하게 얼굴이 굳었습니다. 이런 재이가 높이 뛰어오르는 스카이 콩콩 운동화는 어떻게 만들었을까요?

"자, 출발합니다!"

붕!

드디어 비행선이 움직였습니다. 비행선은 언덕 아래로 방향을 잡고는 내려가기 시작했습니다. 조금씩 속도가 붙더니 마침내 쏜살같이 달렸습니다. 믿을 수 없이 빠른 속도였습니다. 볼트가 레이싱 대회에서 결승점에 다다랐을 때보다 더 빨랐습니다.

비행선은 이제 평지로 내려와 바다를 향해 달렸습니다. 사람들은 모두 약속이라도 한 듯 좌석 손잡이를 힘주어 잡았습니다.

"으악!"

도건이가 눈을 꼭 감고 소리를 질렀습니다. 어느 순간, 비행선은 하늘을 날고 있었습니다. 몸이 공중에 붕 떠오르는 느낌은 모두 평생 처음 경험하는 것이었습니다.

"우리가 정말 하늘을 날고 있어!"

"톰스랜드가 한눈에 보여!"

유안이와 예강이가 흥분해서 소리를 질렀습니다. 하늘에서 내려다본 톰스랜드는 무척 아름다웠습니다.

이렇게 많은 사람이 탔는데도 하늘을 날 수 있다니, 마치 마법 같았습니다. 20분 정도 날았을까요? 어느덧 톰스파크에 가까워진 듯했습니다.

바다 위에 떠 있는 형형색색의 화려한 열기구가 비행선을 맞아 주었지요. 조금 더 지나니 톰스파크가 조금씩 모습을 드러냈습니다. 끝없이 펼쳐진 푸른 바다 너머로 그동안 베일에 가려져 있던 톰스파크가 한눈에 내려다보였습니다.

WELCOME

TOMS PARK

"여러분, 이제 곧 착륙합니다. 비행선이 많이 흔들리고 어느 정도 충격이 있겠지만 심하지는 않을 겁니다. 너무 걱정하지 말고 손잡이를 꼭 잡아 주세요."

최 기장 아저씨가 말했습니다.

슈웅, 후캉캉캉, 덜덜덜!

비행선은 잔디밭에 한참을 미끄러진 뒤에야 겨우 멈췄습니다.

"으, 나 멀미하는 것 같아. 너무 어지러워."

도건이의 표정이 별로 좋지 않았습니다.

"괜찮아, 도건아?"

유안이가 물었습니다.

"응, 좀 쉬면 괜찮아질 거야."

"난 엉덩이가 아파."

예강이가 눈썹을 찡그리며 말했습니다.

최 기장 아저씨가 말한 대로 충격이 있긴 했지만 그리 크지는 않았습니다. 처음 하늘로 날아오른 새가 땅에 내려앉는 데 익숙하지 않아 엉덩방아를 찧는 것처럼, 비행선은 보기 좋게 떨어지며 미끄러졌습니다. 그래도 좋았습니다. 비행선에 탄 사람들 모두가 이미 생애에서 가장 신비로운 경험을 했으니까요.

"여러분, 다들 괜찮으세요?"

최 기장 아저씨가 물었습니다.

"네, 어지럽긴 하지만 지금은 괜찮아요!"

누군가 씩씩하게 대답했습니다.

"다행입니다. 드디어 톰스랜드의 최대 테마파크인 톰스 파크에 도착했습니다! 조금만 기다리면 여러분을 안으로 안내할 레고 리무진 자동차가 도착할 예정입니다."

잠시 뒤 모두가 탈 수 있을 정도로 길쭉한 '레고 리무진 자동차'가 등장했습니다.

"와, 정말 길다. 그리고 예뻐!"

"내가 먼저 탈 거야."

사람들은 처음 보는 리무진 자동차를 탈 생각에 들떠서 야단법석이었습니다.

레고는 비교적 최근에 해변에서 발견한 새로운 재활용 재료였습니다. 지금까지 사용했던 장난감 플라스틱 재료 중에서 제법 단단한 편이어서, 여러 사람이 탈 수 있는 커다란 교통수단을 만들기에 딱 알맞았습니다. 레고 리무진 자동차는 한 줄로 앉아서 밖을 잘 구경할 수 있는 구조였습니다.

"출발하겠습니다!"

붕!

레고 리무진 자동차가 이동하는 길은 마치 황금처럼 빛이 났습니다.

"이거 완전 내 스타일인데?"

평소에 황금색을 유난히 좋아하는 유안이가 예강이에게 속삭였습니다.

"무슨 소리가 나는 것 같아."

예강이가 귀를 쫑긋하며 말했습니다.

처음에는 나지막했던 음악 소리가 제법 커졌습니다. 일

행은 소리에 빨려 들어가듯 움직였습니다.

이윽고 황금 길 끝자락에 들어서자 드디어 톰스파크가 제 모습을 드러냈습니다.

“와, 정말 대단한데!”

톰스파크의 첫인상은 매우 거대하다는 것이었습니다. 태어나서 처음 보는 어마어마한 규모에 다들 눈이 휘둥그레졌습니다.

120

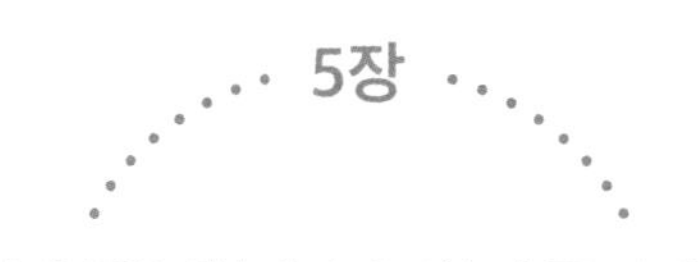

5장

톰스파크에서 시장님을 만나다

거대한 가전제품으로 만들어진 톰스파크 입구에서 시장님이 두 팔 벌려 사람들을 맞이했습니다. 시장님은 늘 그렇듯 흰색 양복에 깔끔하게 머리를 빗어 올린 모습이었습니다. 시장님의 표정은 여유로웠습니다.

시장님은 성큼성큼 다가와 레고 리무진 자동차에 올라

탔습니다.

"비행선을 타고 여기까지 오는 길이 어떠셨나요? 자, 톰스파크에 오신 걸 환영합니다!"

"그런데 시장님, 집으로 돌아갈 때도 하늘을 날아서 가야 하나요?"

"리사는 비행이 마음에 들었던 모양이구나."

"네! 정말 행복했어요."

시장님과 리사의 대화를 듣던 재이가 말했어요.

"집으로 꼭 돌아가야 하나요? 저는 여기에서 평생 살고 싶어요."

"녀석아, 엄마가 서운해하시겠는걸?"

재이 아빠가 어이없다는 듯 너털웃음을 지었습니다.

"하하하, 다들 좋아해 주니 다행이구나."

시장님이 크게 웃더니 이어서 말했습니다.

"톰스파크는 톰스랜드의 절반 크기쯤 되는 아주 거대한 테마파크입니다. 각 분야에서 가장 뛰어난 전문가들과 함께 무려 5년에 걸쳐 건설했습니다. 그중 두 분이 여기에 계십니다. 톰스파크를 만든 숨은 주인공들이죠."

"정말이요? 누군가요?"

사람들이 주위를 두리번거렸습니다. 시장님이 소개한 사람은 바로 유안이의 아빠와 예강이의 삼촌이었습니다. 유안이의 아빠는 설계를 맡았고, 예강이의 삼촌은 톰스파크를 알록달록 예쁜 색으로 채웠습니다.

"역시 우리 삼촌, 최고!"

예강이가 엄지손가락을 척 올렸습니다.

"와! 아빠, 진짜예요? 왜 진작 알려 주지 않으셨어요?"

유안이는 평소에 너무 바쁜 아빠가 살짝 서운했는데, 지금은 뿌듯함을 느꼈습니다.

"너희 아빠뿐만이 아니라 톰스랜드의 많은 분이 고생하셨단다."

시장님은 흐뭇한 표정으로 설명을 계속했습니다.

"톰스파크는 거인들이 버린 쓰레기 중 금속 물체, 플라스틱, 대형 폐기물 등을 재활용해 만든 놀이 시설입니다. 총 30가지의 놀이기구와 수영장, 키즈 카페를 갖춘 소인국 최고의 문화 관광지가 될 것입니다."

그 말을 듣자 쓰레기 재활용에 유난히 관심이 많은 꼬마 발명가들의 귀가 쫑긋 올라갔습니다.

"이곳은 우리가 바라던 최고의 놀이터 같은데?"

삼총사는 서로 바라보며 눈을 찡긋했습니다.

"아, 그리고 톰스파크에는 여러분이 정말 깜짝 놀랄 만한 세계가 있답니다."

"어떤 세계인데요? 알려 주세요!"

리사가 눈을 반짝이며 물었습니다.

"지금 얘기해 주면 재미없지! 마지막 테마존에서 직접 눈으로 확인해 보렴."

시장님은 목에 핏대를 세워 가며 열심히 설명했습니다. 톰스파크에 대한 자부심이 가득해 보였습니다.

레고 리무진 자동차는 느리지도 빠르지도 않게 움직였습니다. 가면서 주변 곳곳을 살펴보기에 딱 좋았지요. 톰스파크 입구에 들어서자 꿈속에서 그리던 형형색색의 동화 같은 장면이 펼쳐졌습니다.

"어머! 얘들아, 저기 좀 봐."

"허허허."

어른들도 아이들 못지않게 즐거워 보였습니다.

"자, 여기서부터는 걸어서 이동하겠습니다."

레고 리무진 자동차가 멈추자, 시장님은 흰색과 검은색으로 이루어진 다리로 일행을 안내했습니다.

따, 다, 단…….

"바닥에서 소리가 나네?"

발을 디딜 때마다 각 칸에서 다른 소리가 흘러나왔습니다. 정말 신비로운 다리였습니다. 소리 나는 다리의 정체는 거인들이 음악을 연주할 때 사용하는 악기인 것 같았

습니다. 거대한 호스에 바람을 불어 넣어 소리를 내는 독특한 원리였지요. 직원 두 명이 일정한 간격으로 호스에 바람을 불어 넣고 있었습니다.

일행은 흥겨운 소리를 들으며 기분 좋게 다리를 건넜습니다. 그 건너편에는 첫 번째 테마존이 일행을 기다리고 있었습니다.

6장

첫 번째 테마존

바셀린 마차와 운동화 배

"이곳은 첫 번째 테마존입니다. 여기에는 다 쓴 바셀린 통으로 만든 '바셀린 마차'와 버려진 신발 두 짝을 이어서 만든 '운동화 배'가 있습니다. 자, 오늘 여러분을 위해 중요한 분을 모셔 왔습니다. 누군지 궁금하시죠?"

시장님의 말이 끝나자, 톰스랜드에 전기를 공급하는 두꺼비 아저씨가 등장했습니다.

"아저씨, 오랜만이에요. 뭘 보여 주려고 오셨어요?"

유안이가 반가워하며 물었습니다. 두꺼비 아저씨는 일행을 쓱 훑어보더니 갑자기 손바닥을 마주쳤습니다. 그러자 톰스파크 전체에 전기가 흐르면서 놀이기구들이 움직이기 시작했습니다. 톰스파크는 모든 것이 전기로 움직이도록 자동화되어 있었습니다. 두꺼비 아저씨는 흐뭇한 표정으로 어서 타라는 듯 놀이기구를 가리켰습니다.

“감사합니다, 두꺼비 아저씨!”

삼총사를 비롯한 일행은 두꺼비 아저씨에게 감사한 마음을 전했습니다.

“우리 어떤 놀이기구를 먼저 타 볼까?”

“운동화 배를 먼저 타는 게 어때? 재미있을 것 같아.”

모험심이 강한 아이들은 높은 파도를 타듯 좌우로 움직이

는 운동화 배를 선택했습니다. 그런데 재이는 달랐습니다.

"이건 재미없을 것 같아. 나는 회전하는 바셀린 마차를 탈래."

"뭐야, 생각보다 겁쟁이네."

리사의 말에 재이가 발끈했습니다.

"아니거든! 내 몸무게가 무거워서 안 움직일까 봐 그런 것뿐이라고!"

"핑계 아니야? 하하하."

"좋아, 그럼 함께 타서 내가 겁이 없다는 걸 보여 주지!"

리사와 옥신각신하던 재이도 결국 운동화 배를 타기로 했습니다.

"자, 출발합니다!"

운동화 배는 처음에는 좌우로 서서히 움직이다가 조금씩 속도가 빨라졌습니다. 가끔은 거꾸로 뒤집힐 것처럼 높이 올라갔다가, 올라갈 때보다 더 빠른 속도로 내려왔습니다.

다들 웃고 떠들며 스릴을 즐기는데 유독 재이의 표정만 딱딱하게 굳어 있었습니다. 몇 분 뒤 운동화 배의 속도가 차츰 줄어들며 멈추었습니다. 버려진 신발 두 짝으로 이

렇게 멋진 놀이기구를 만들다니, 톰스파크의 기술력은 정말 대단했습니다.

"재이야, 괜찮아?"

"난 바셀린 마차를 탈 걸 그랬어."

예강이의 걱정스러운 물음에 재이가 대답했습니다.

"출발!"

바셀린 마차는 음악에 맞춰 복잡한 톱니바퀴가 서로 맞물리며 위아래로 움직였습니다. 역동적인 운동화 배와 달리 부드럽게 천천히 움직이는 바셀린 마차는 어린아이, 노인 할 것 없이 누구나 부담 없이 즐길 수 있었습니다.

음악이 끝나자 바셀린 마차도 멈추었습니다.

"이제 다음 장소로 이동하겠습니다."

시장님의 말에 도건이가 아쉬운 듯 말했습니다.

"벌써요? 몇 번 더 타고 싶은데……."

"하하, 여기는 시작일 뿐이란다. 앞으로 더 멋진 곳들이 기다리고 있으니 기대하렴."

시장님은 마치 깜짝 상자라도 공개할 것처럼 일행을 재촉했습니다. 일행은 시장님의 뒤를 따라 계단을 내려갔습니다. 그리고 거기에서 조금 전에 탔던 재활용 놀이기구는 까맣게 잊을 정도로 엄청난 광경을 마주했습니다. 바로 수로를 따라 톰스파크 어디든 빠르게 이동할 수 있는 인공 하천이었습니다. 이 인공 하천은 양수기 장치로 수 개월 동안 물을 끌어와서 만들었다고 했습니다.

"지금부터는 이 배로 이동하겠습니다."

시장님은 오리 모양의 장난감에 엔진을 설치한 배를 가리켰습니다.

일행이 한 명씩 나눠 앉자마자 오리배가 출발했습니다. 물 위에 떠서 바라보는 톰스파크의 모습은 마치 판타지 동화 속으로 들어온 것처럼 신비로웠습니다.

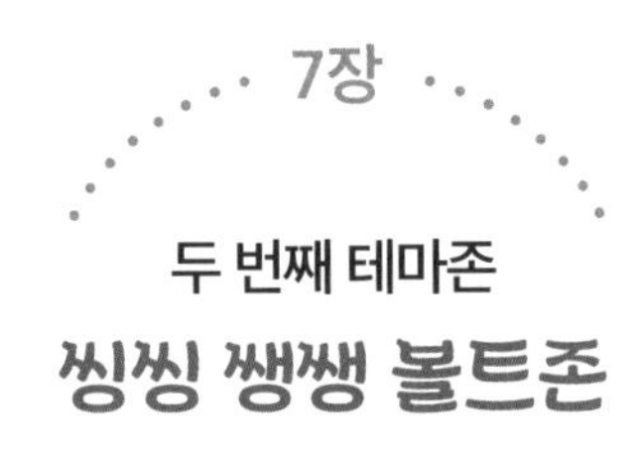

7장

두 번째 테마존
씽씽 쌩쌩 볼트존

"얘들아, 톰스파크는 지금까지 쓰레기 재활용으로 우리 톰스랜드가 얼마나 달라졌는지 한눈에 확인하는 좋은 기회가 될 거야."

유안이 아빠가 말했습니다.

"네, 알아요! 저는 이미 발명에 쓸 좋은 아이디어를 얻었어요."

얼굴색이 원래대로 돌아온 재이가 씩씩하게 대답했습니다.

"자, 두 번째 테마존에 도착했습니다."

시장님이 곧 오리배를 멈춰 세웠습니다.

"여기는 어딘가 익숙한 느낌인데?"

"설마…… 우리 자동차, 볼트?"

놀랍게도 두 번째 테마존은 삼총사가 만든 경주용 자동차 볼트와 같은 모습이었습니다.

"여기 봐. 우리 이름이 쓰여 있어! 디자인도 볼트와 비슷해."

"시장님, 혹시 이곳은 볼트가 테마인가요?"

삼총사는 괜스레 어깨에 힘이 들어갔습니다. 이곳에는 레이싱 대회에서 우승한 삼총사 팀에 관한 설명이 자세히 나와 있었습니다.

"그래, 너희가 만든 경주용 자동차 볼트의 특성을 살려 두 번째 테마존을 완성했단다. 아직 어린 너희가 어른들을 상대로 주눅 들지 않고 레이싱 대회에서 당당히 우승했다는 건 대단한 일이니까. 그리고 문제를 만나면 힘을 합쳐 해결하려는 너희의 태도가 톰스랜드 아이들에게도 꼭 필요하다고 생각했거든."

시장님의 설명을 들은 삼총사는 가슴이 뭉클했습니다. 톰스랜드는 섬이라는 지리적인 조건 때문에 어려운 상황에 놓일 때가 많았습니다. 그래서 어른들은 아이들이 어릴 때부터 지식을 쌓는 것 못지않게 그 지식을 현장에 적용하여 문제를 해결하도록 교육했습니다. 그런 의미에서 삼총사는 누구보다 모범이 될 만했지요.

하지만 삼총사는 이런 대접이 쑥스러웠습니다. 레이싱 대회에서 우승하며 많은 기대를 모았지만, 지난 1년간 딱히 성장한 모습을 보여 준 것이 없었거든요. 하지만 볼트가 테마인 이곳에는 당시 모습이 잘 재현되어 있었습니다.

"앞으로 다른 소인국 사람들도 이곳을 찾아올 텐데, 너희들 세계적으로 유명해지는 것 아냐?"

예강이 삼촌이 너스레를 떨었습니다.

"아유, 아니에요."

예강이가 손을 휘저으며 대답했습니다. 삼총사는 콧구멍과 어깨에 힘이 저절로 들어갔습니다.

볼트존이라는 이름에 걸맞게 이곳의 테마는 빠른 속도였습니다. 먼저 거대한 바퀴를 축으로 회전하는 기구가 눈에 들어왔습니다. 볼트가 바퀴의 움직임에 따라 함께 이동하는 원리를 응용한 것이었습니다.

"자, 두 명씩 짝지어 앉고 안전벨트를 단단히 매 주십시오. 이번에는 속도가 아주 빠르답니다!"

시장님의 당부가 끝나자마자 유안이가 신나서 소리쳤습니다.

“출발!”

부우웅, 슝슝슝.

바퀴를 축으로 회전하는 볼트는 땅 위를 달리는 볼트와는 달랐습니다. 공중에서 빠르게 회전하는데 마치 하늘을 나는 것만 같았습니다. 갑자기 아래로 툭 떨어졌다가 다시 솟아오르기를 여러 번 반복했지요.

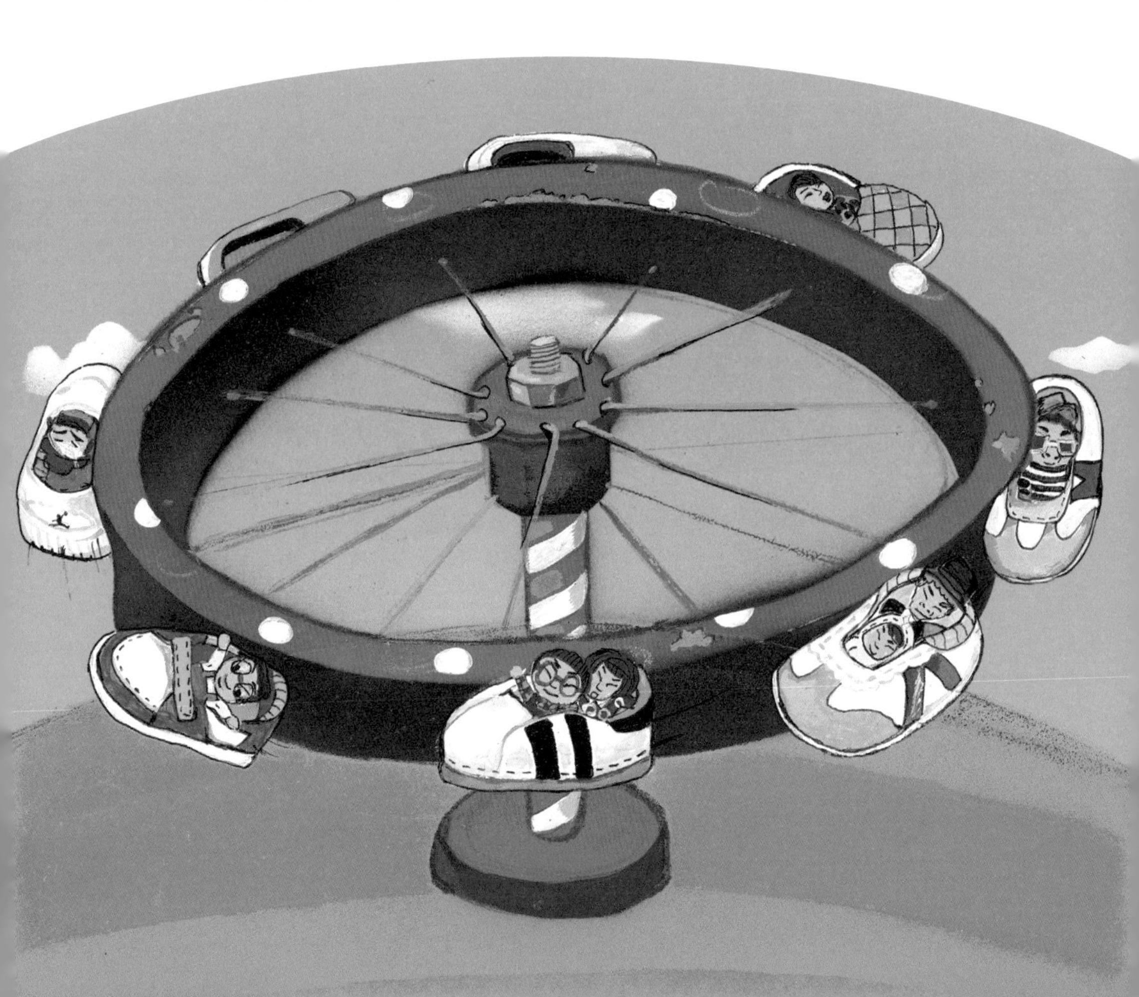

"야호! 운동화 배보다 훨씬 더 재미있는걸요."

유안이가 아빠에게 말했습니다.

잠시 뒤 안전하게 멈춘 기구에서 내린 일행은 레이싱 경기장으로 들어섰습니다. 입구에는 '톰스라이더'라고 적혀 있었습니다. 복잡하게 얽힌 레이싱 트랙 위로 신발 자동차를 반복해서 운전하는 놀이기구였습니다.

"이 경기장의 레이싱 트랙은 버려진 플라스틱 관을 연결해서 만든 것입니다. 보기에도 아주 복잡하지요?"

시장님이 자랑스럽게 레이싱 트랙을 설명했습니다.

"와, 어쩐지 끝이 보이지 않더라."

일행은 고개를 끄덕이며 감탄했습니다.

출발선에는 다양한 신발로 만든 자동차가 기다리고 있었습니다. 자동차 한 대에 두 명씩 타고 운전대는 아이들이 잡았습니다.

"출발!"

시장님의 출발 신호가 떨어지자마자 맨 앞에 있던 예강

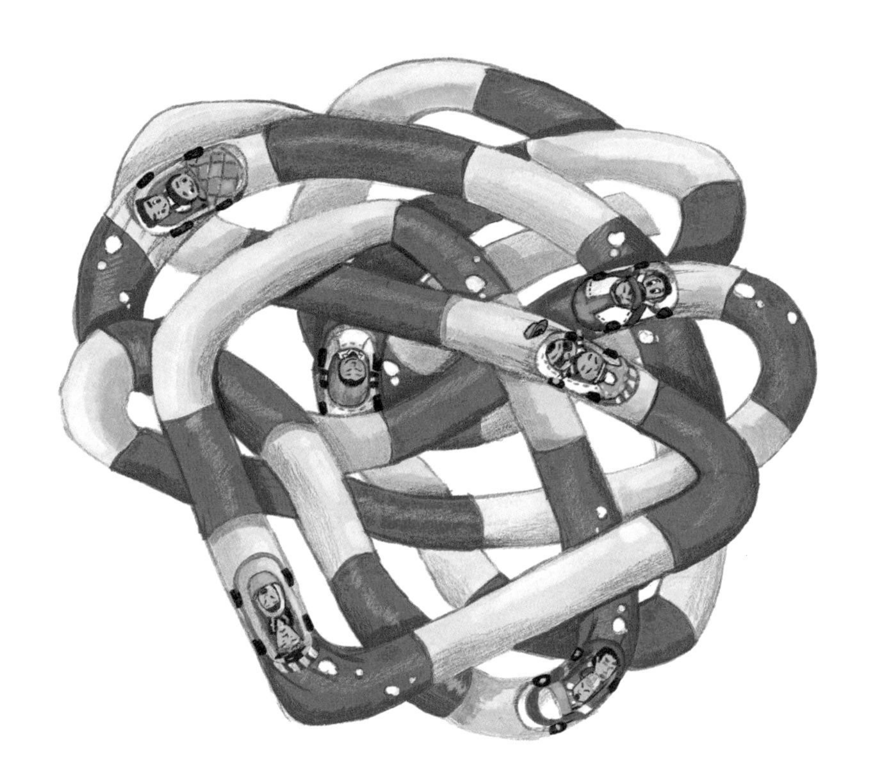

이부터 출발했습니다. 신발 자동차는 언덕을 오르기도 하고 가파른 내리막을 쏜살같이 내려가기도 했습니다.

"예강아, 조심해!"

예강이 삼촌이 소리쳤습니다.

"아이코."

예강이가 급히 운전대를 돌렸지만 '쿵' 부딪히고 말았습니다. 그래도 신발 자동차의 두꺼운 스펀지가 충격을 막아주어 괜찮았습니다.

탑승 시간이 끝나자 자동차는 출구로 다시 나왔습니다.

바로 옆에는 톰스파크에서 가장 높은 관람차가 일행을 기다리고 있었습니다.

"여러분, 재미있으셨나요? 자, 이제 잠시 휴식도 취할 겸 톰스파크 전체를 내려다볼 수 있는 관람차에 탑승하겠습니다."

시장님이 일행을 관람차로 안내했습니다.

관람차는 톰스파크를 한눈에 볼 수 있을 만큼 거대했습니다.

"정말 거대한 바퀴네요. 수레바퀴인가요?"

리사가 물었습니다.

"그렇단다. 진흙에 깊이 박혀 있던 것을 꺼내느라 무척 힘들었지."

시장님이 대답했습니다.

일행은 깡통으로 만든 관람 공간에 순서대로 올라탔습니다. 거대한 관람차가 천천히 돌며 위로 올라가자 톰스파크의 전경이 조금씩 펼쳐졌습니다.

"쓰레기를 재활용하지 않았다면 이렇게 멋진 장면을 보지 못했겠죠?"

유안이의 말에 아빠가 대답했습니다.

"아마도 그랬겠지?"

"쓰레기는 우리에게 위기와 기회를 동시에 안겨 주네요."

유안이가 말했습니다.

"하하하, 그렇지. 위기를 헤쳐 나갈 의지만 있다면 위기를 기회로 얼마든지 바꿀 수 있어."

"네, 자신 있어요!"

아빠가 기특하다는 듯 유안이의 머리를 쓰다듬었습니다.

지금까지 에너지를 너무 많이 써서일까요? 유안이 배에서 꼬르륵 소리가 났습니다.

"유안이가 배고픈가 보구나. 이제 뭘 좀 먹으러 가 볼까?"

관람차에서 내린 뒤 아빠는 엄마와 유안이를 데리고 오리배로 향했습니다. 다른 사람들도 뒤를 따랐습니다.

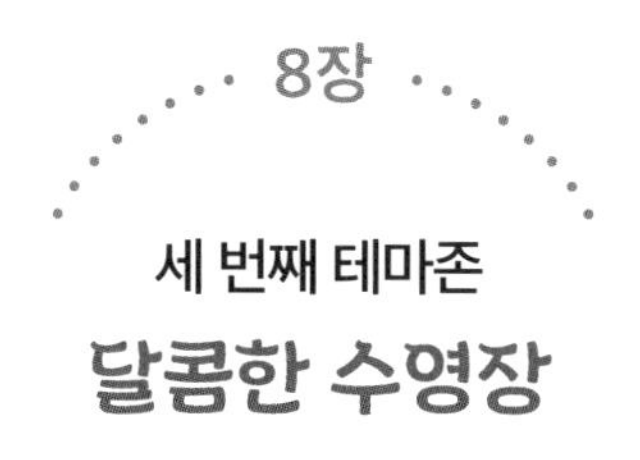

8장

세 번째 테마존

달콤한 수영장

일행은 또다시 오리배를 타고 어디론가로 향했습니다. 잠시 뒤 건너편에 분수 같은 것이 보였는데 보통 물과는 색깔이 달랐습니다.

"물 색깔이 초콜릿색이야!"

"여기까지 달콤한 향이 나는 것 같아."

아이들은 배에서 내리자마자 분수 앞으로 쪼르르 달려갔습니다. 분수에서 끊임없이 솟아오르는 것은 놀랍게도 액체로 된 초콜릿이었습니다. 초콜릿은 중앙에서 뿜어져 나와 계단을 타고 흘러내렸습니다.

"자, 이곳은 세상에서 가장 달콤한 놀이를 할 수 있는

곳입니다."

아이들 뒤를 따라 어른들과 함께 도착한 시장님이 설명해 주었습니다.

"혹시 이 안에 들어가서 노는 건가요?"

예강이가 기대에 차 눈빛을 반짝이며 물었습니다.

"그럼! 여기에 있는 옷으로 갈아입고 얼마든지 들어가도 된단다. 그리고 안에 있는 것은 뭐든 먹어도 돼."

"정말이요?"

재이가 지금까지 본 것 중 가장 밝은 표정으로 되물었습니다.

모두 옷을 갈아입고 사다리를 오른 뒤 초콜릿 분수로 풍덩 뛰어들었습니다. 초콜릿 분수 안에는 초콜릿뿐만 아니라 다양한 과자가 둥둥 떠 있었습니다.

"이곳 이름을 '달콤한 수영장'이라고 지으면 어떨까요?"

리사가 말했습니다. 시장님은 좋은 생각이라며 곧바로 이곳 이름을 '달콤한 수영장'으로 정했습니다.

"나 내려간다!"

유안이가 위에서 소리쳤습니다.

첨벙!

마치 미끄럼틀과 계단을 합쳐 놓은 것 같은 달콤한 수영장은 색다른 재미가 있었습니다. 사람들은 사다리를 타고 위층으로 올라가서 분수를 타고 내려오기를 반복했습니다. 그리고 틈틈이 초콜릿과 과자를 실컷 먹었습니다.

"난 여기에서 평생 살 수도 있을 것 같아. 정말 행복해!"

도건이가 배를 두드리며 말했습니다.

일행은 신나게 먹고 논 뒤 달콤한 수영장 밖으로 나왔습니다. 바로 옆에는 길쭉한 파이프가 복잡하게 얽힌 사탕 상자 미끄럼틀이 있었습니다. 이곳의 이름은 '스위트 시계 트랙'이었습니다.

"내가 제일 먼저 출발할래!"

이곳이 어떤 곳인지 듣기도 전에 계단을 올라간 리사는 1~3번 미끄럼틀 중에서 2번을 선택했습니다.

"으악!"

미끄럼틀을 타는 내내 리사의 비명은 멈출 줄 몰랐습니다. 미끄럼틀 끝에는 사탕 상자로 된 세 개의 방이 있었습니다. 리사는 과연 어디로 나올까요?

"짜잔! 얘들아, 이 미끄럼틀 정말 재미있어. 그리고 이건 선물로 받은 거야!"

톰스파크

3번 방의 보라색 문을 열고 나온 리사는 곰 인형 탈을 쓰고 있었습니다. 세 개의 방은 커다란 선물 상자와도 같았습니다. 미끄럼틀에서 내리면 누구나 원하는 선물을 가져갈 수 있었지요.

아이들은 미끄럼틀 입구로 앞다퉈 달려갔습니다.

"와!"

"야호!"

아이들은 즐거운 비명을 지르며 미끄럼틀을 타고 세 개의 방에 도착했습니다. 미끄럼틀 안의 구조는 다양했습니다. 계단처럼 생긴 곳에서는 엉덩방아를 콩콩 찧으며 내려왔고, 구멍이 뚫린 곳에서는 아래로 '슉' 떨어지기도 했습니다. 세 개의 방 중 어디로 나올지 몰라 더욱 재미있었습니다. 아이들은 미끄럼틀이 끝나는 곳의 방에 다다라

저마다 리사처럼 손에 뭔가 한 움큼 들고나왔습니다.

"얘들아, 나는 초콜릿을 가져왔어!"

"나는 마시멜로!"

"난 사탕!"

아이들이 서로 자랑하는데 유안이 혼자 아무 말이 없었습니다.

"유안아, 너는 뭘 받았니?"

예강이가 물었습니다.

"칫, 이 게임 재미없어. 내가 나온 방은 꽝이래."

유안이가 뾰로통한 얼굴로 툴툴댔습니다.

"그래서 빈손이었구나. 하하하, 다 함께 나눠 먹자."

시장님이 웃으며 말했습니다.

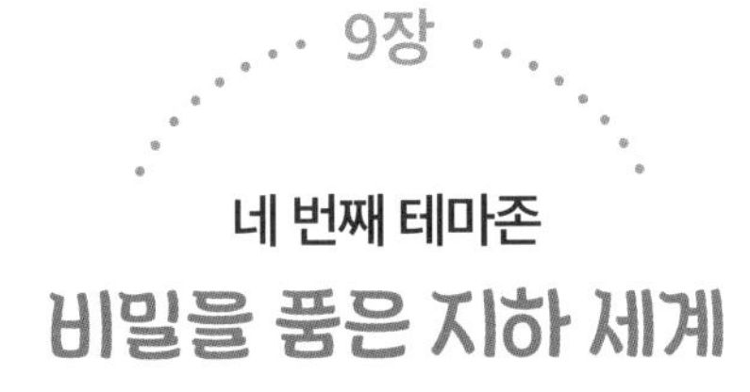

9장

네 번째 테마존

비밀을 품은 지하 세계

온 사방이 에메랄드빛으로 가득했습니다. 이번에는 잠수함을 타고 해저 탐사라도 하는 것일까요? 물살이 있는 것으로 보아 분명 물속 같았습니다.

슝.

“조심해!”

“속도가 엄청 빠른데?”

시장님과 일행은 각자 플라스틱 캡슐을 타고 이동했습니다. 한 방향으로 차례차례 움직였지요. 그때 누군가 소리쳤습니다.

“이번엔 반대편이다!”

갑자기 방향이 바뀌더니 캡슐이 거꾸로 움직였습니다. 사람들은 물의 흐름에 따라 캡슐이 이리저리 방향을 바꾸자 무척 즐거워했습니다.

"이 놀이기구는 정말 박진감이 넘치는걸!"

도중에 붕붕 뜨기도 하고 가라앉기도 하는 해저 탐사 놀이기구를 타니 마치 숨바꼭질을 하는 듯했습니다. 캡슐은 잠시 얌전히 떠 있다가 갑자기 급물살에 빨려 들어가곤 했습니다. 그 바람에 여기저기 부딪쳤지만 물속이라 큰 충격은 없었습니다. 강력한 힘으로 물을 회전시키는 장치가 있는 게 분명했습니다.

"어어? 어딘가로 빨려 들어간다!"

사람들이 탄 플라스틱 캡슐이 갑자기 빠르게 이동하더니, 엄청난 속도로 하나씩 밖으로 배출되었습니다.

슉, 콸콸.

슝, 퐁!

다시 푸른 하늘이 보였습니다. 작은 플라스틱 캡슐에 타고 해저 탐사 놀이를 즐기다가 시간이 지나면 밖으로 배출되는 놀이기구였습니다.

"하하하, 어떻습니까? 이 장치를 거인들이 어떻게 활

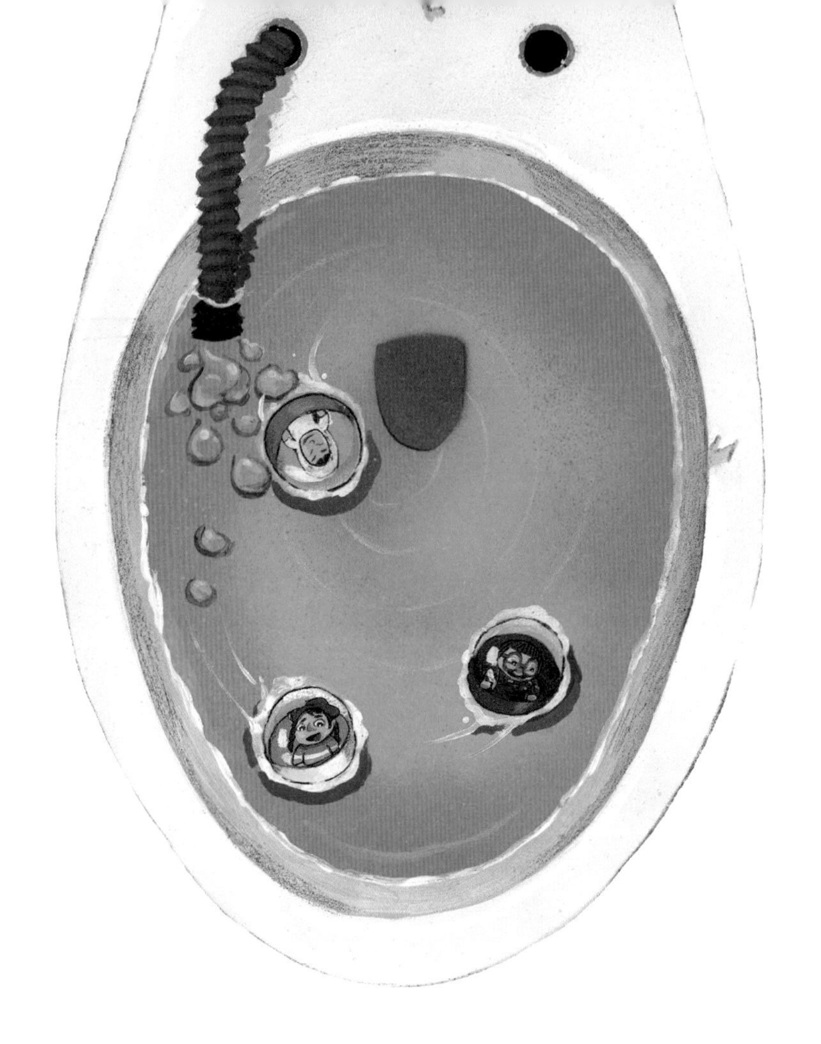

용했는지는 정확히 알 수 없습니다. 하지만 흰색에다 반짝이는 것으로 보아 아마도 얼굴을 씻거나 물을 저장하는 장치였던 것 같습니다."

시장님이 이 놀이기구를 설명해 주었습니다.

"이건 누가 만들었나요?"

호기심 대장 예강이가 물었습니다.

"철기 아저씨가 플라스틱 캡슐에 프로펠러를 설치해 회전하는 방향에 따라 움직이도록 만들었단다. 덕분에 현재는 톰스파크에서 유일하게 물속에서 탐사 놀이를 할 수 있는 놀이기구가 되었지."

시장님이 대답했습니다.

"간접적이긴 하지만 바닷속을 체험할 수 있다니, 정말 대단하군요."

도건이 할아버지가 신기하다는 듯 말했습니다.

"어어, 캡슐이 다시 굴러간다!"

"다시 이동하는 건가요?"

플라스틱 캡슐이 다시 움직이기 시작했습니다. 캡슐은 데굴데굴 한참 동안 구르다가 내리막길을 통과하더니 어두운 곳에서 멈추었습니다.

사람들은 플라스틱 캡슐의 문을 열고 밖으로 나왔습니다. 잠시 뒤 불이 환하게 들어왔습니다. 일행이 도착한 장소는 작은 도시처럼 보였습니다. 시장님이 말했습니다.

"여러분, 제가 처음에 말씀드렸죠? 톰스파크에는 비밀 공간이 있다고요. 바로 이곳입니다. 드디어 도착했습니다!"

유안이가 고개를 갸우뚱하며 물었습니다.

"이곳이 왜 비밀 공간이에요?"

일행은 지금까지 하늘을 날고 물속도 탐험하는 특별한 경험을 했습니다. 그래서 이곳이 왜 비밀 공간인지 알 수 없었습니다. 생각보다 평범해 보였거든요.

"여러분, 놀라지 마세요. 이곳은 지하 세계입니다."

시장님이 말했습니다.

"와, 정말이요?"

재이가 눈을 동그랗게 뜨며 말했습니다.

"그래, 분명 땅속이란다. 톰스파크의 땅속에는 이런 공간이 수백 개나 더 있지."

눈앞에 펼쳐진 광경을 본 일행은 입을 쩍 벌렸습니다. 시장님은 설명을 이어 갔습니다.

톰스파크의 구조는 특이하게도 지하 공간과 지상 공간으로 나뉘어 있었습니다. 톰스파크를 방문하는 사람들은 지상과 지하를 자유롭게 오갈 수 있었지요. 방금 지나온 해저 탐사 길이 지하 세계로 이동하는 통로였습니다.

"시장님, 지하 세계를 따로 만든 이유가 있나요?"

리사가 물었습니다.

"음, 그건 이 지하 세계를 설계한 유안이 아빠에게 물어 보면 어떨까?"

시장님이 톰스파크의 전체 공간을 설계한 유안이 아빠에게 대답을 넘겼습니다.

"바다와 가까운 소인국은 비와 바람의 영향을 많이 받습니다. 겨울에는 꽤 춥기도 하지요. 하지만 땅속은 다릅니다. 여름을 시원하게 보낼 수 있고 겨울에는 따뜻합니다. 더욱이 거친 주위 환경으로부터 사람들을 보호해 주지요. 만약 날씨가 좋지 않아 바깥 활동이 어렵다면 지하 세계로 이동하면 됩니다."

지하 세계는 큰 플라스틱병과 유리병을 땅속에 묻어서 만들었습니다. 병마다 통로를 연결해서 어디든 갈 수 있도록 했지요. 외부에서 흙이나 물이 들어오지 않도록 특히 신경 썼습니다. 안전에도 최선을 다한 것입니다.

"이곳 지하 세계에는 여러분이 좋아하는 시설을 다양하게 준비해 두었으니 마음껏 즐기세요. 키즈 카페, 놀이터, 연극 무대까지 다 있답니다."

"이 공간을 전부 즐기려면 일주일은 여기에 머물러야 할 것 같은데요?"

아이들이 톰스파크에 만족하는 모습을 보니 유안이 아빠도 무척 뿌듯했습니다.

10장

일상으로 돌아온 아이들

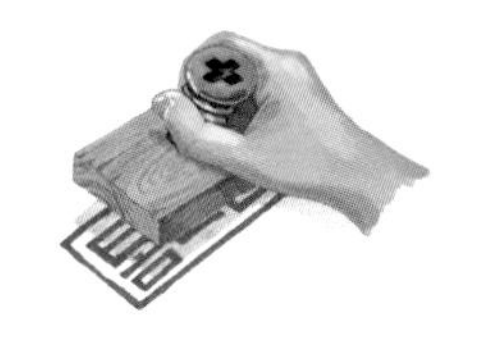

삼총사가 오랜만에 작업실에 모였습니다.

“톰스파크에 또 가고 싶어.”

예강이가 말했습니다.

삼총사는 집으로 돌아온 뒤에도 톰스파크에 다녀온 추억에서 한동안 벗어나지 못했습니다.

“아, 따분해. 좀 신나는 일 없을까?”

곰곰이 생각하던 예강이가 먼지가 소복이 쌓인 인명 구조 로봇 쿵 앞으로 갔습니다. 도건이와 유안이도 뒤따랐습니다. 세 아이 사이에는 말하지 않아도 통하는 무엇인가가 있었습니다.

“우리, 구조 로봇 만들기에 다시 도전해 보면 어떨까?”

예강이가 말을 꺼냈습니다.

“당연히 그래야지. 우린 포기를 모르잖아.”

“그래, 한 번, 아니 몇 번을 넘어져도 우린 다시 일어날 수 있을 거야.”

유안이와 도건이도 동의했습니다. 삼총사는 쿵의 문제가 무엇인지 구체적으로 찾기 시작했습니다.

“가늘고 큰 바퀴는 좁은 길을 빠르게 움직일 수 있는 반면에 균형을 잡는 데 어려움이 있어. 그래서 생각해 본 건

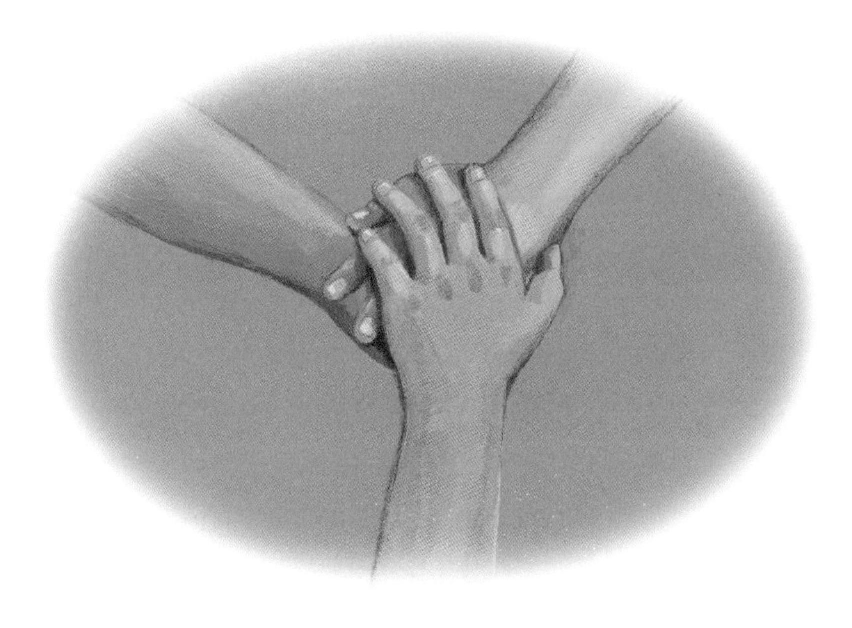

데, 옆으로 보조 장치를 달면 어떨까?"

유안이가 제안했습니다. 보조 장치를 달면 넘어지지도 않고 균형을 잡기에도 좋을 것 같았습니다.

"우리가 다리를 다치면 지팡이를 짚잖아. 보조 장치가 그런 역할을 하도록 하자는 거지."

"난 찬성!"

도건이도, 예강이도 찬성했습니다.

"일단 설계도부터 그려 보자."

삼총사는 다시 뜻을 모았습니다. 그리고 곧바로 실행에 옮겼습니다.

며칠 뒤 톰스랜드를 외부에 개방한다는 소식이 들려왔습니다. 곧이어 탕탕랜드와 샤라송랜드 사람들이 톰스랜드를 방문했습니다. 그들은 쓰레기를 재활용하는 톰스랜드의 앞선 기술력에 감탄했습니다.

톰스파크의 인기는 예상보다 훨씬 뜨거웠습니다. 톰스파크를 방문하려면 몇 달을 기다려야 할 정도로 말이지요. 그와 동시에 톰스랜드에서는 쓰레기 재활용 제품을 본격적으로 만들어 다른 소인국에 보냈습니다. 이 재활용 제품에는 톰스랜드 마크가 찍혀 있었습니다.

탕탕랜드에서는 질 좋은 농산물을, 샬라송랜드에서는 신선한 생선을 톰스랜드에 보내왔습니다. 집집마다 식탁에는 주먹만큼 큰 과일이 탑처럼 쌓였고, 몸에 좋은 등 푸른 생선도 넘쳐 났습니다. 시장님의 예상대로 다른 소인국들과의 무역은 큰 성공을 거두었습니다.

어느 날, 삼총사의 작업실에 반가운 손님이 찾아왔습니다.

"안녕, 얘들아! 작업실이 정말 좋은걸."

유안이 아빠였습니다.

"오늘은 특별히 너희가 좋아하는 분을 모시고 왔단다."

"오랜만이다, 꼬마 녀석들!"

철기 아저씨였습니다. 아저씨는 톰스랜드와 톰스파크의 동력 개발을 담당하는 분으로, 볼트를 만들 때 삼총사에게 많은 가르침을 주었습니다.

"여전히 셋이 뭉쳐 있구나. 보기 좋다! 1년 만에 보는 건가? 셋 다 정말 많이 컸구나."

철기 아저씨가 웃으며 말했습니다.

"아저씨는 요즘 어떻게 지내세요?"

유안이가 물었습니다.

"톰스파크의 동력 작업을 마무리한 뒤, 요즘은 재활용 제품의 생산을 감독하고 있단다. 거인들이 버린 쓰레기가 우리에게는 생필품이 되니까."

철기 아저씨는 이렇게 대답하고는 작업실을 둘러보다가 인명 구조 로봇 쿵을 유심히 바라보았습니다.

"요즘 만들고 있는 로봇인가 보구나. 그 녀석, 덩치 한번 크다."

"네, 움직이다가 도중에 자꾸 넘어지는 문제를 해결하기 위해 고민하고 있어요."

예강이가 말했습니다.

"이 로봇에 적용한 아이디어가 정말 좋구나. 레이싱 대회에 나갔던 볼트보다 발전한 것 같다."

철기 아저씨가 쿵을 꼼꼼히 뜯어보며 말했습니다.

"정말이요? 쿵이 움직이는 걸 못 보셨을 텐데 왜 그렇게 생각하세요?"

도건이가 물었습니다.

"음, 책상 위에 있는 설계도를 보고 생각했지. 저 정도면 충분히 해결될 것 같은데?"

철기 아저씨는 이렇게 말하며 설계도를 가리켰습니다.

"아저씨, 저희에게 용기를 주셔서 감사합니다! 저희 목표는 톰스랜드에 도움이 되는 발명품을 많이 만들어 내는 거거든요."

유안이가 꾸벅 인사하자 철기 아저씨가 큰 목소리로 말했습니다.

"아주 좋은 생각이다! 너희 삼총사라면 목표를 충분히 이룰 수 있을 거야."

좋지 않은 징조

“이봐, 오늘 바다는 어때?”

“지금까지는 별다른 게 없어.”

어업이 발달한 샬라송랜드에는 바다를 살피는 일이 직업인 사람들이 있었습니다. 그들은 바다에서 물고기 떼를 발견하면 즉시 중앙에 전달해야 했기에 항상 높은 곳에 올라가 주위를 살폈습니다.

직업의 특성상 이들에게는 두 가지 능력이 필수였습니다. 먼저 시력이 아주 좋아야 했습니다. 몇 킬로미터 밖에 있는 바닷속 물고기 떼까지 확인할 수 있을 정도로 말이지요. 그리고 아주 큰 소리로 소식을 전해야 했기에 목청이 좋아야 했습니다.

최근에 부쩍 방문객이 많아진 톰스랜드는 기후 변화에 민감했습니다. 기후 변화로 인해 자연재해가 언제 닥칠지 모르고, 그러면 많은 사람이 죽거나 다칠 수도 있기 때문이었지요. 더욱이 최근 들어 기후 변화가 심상치 않아 걱정이었습니다.

이에 시장님은 관찰 능력이 좋은 샬라송랜드 사람들을 고용했습니다. 이들에게 바람의 세기와 파도의 높이를 관찰해 미세한 기후 변화까지 파악해 보고하게 했지요. 이들은 톰스랜드와 톰스파크 해안가 곳곳에 배치되었습니다.

덜덜덜덜.

"또 진동이야?"

"요즘 불길하게 땅이 왜 이럴까?"

오늘도 역시 작은 진동이 느껴졌습니다. 좋지 않은 징조가 분명해 톰스랜드 사람들은 시장님을 찾아갔습니다.

"시장님, 요즘 톰스랜드 환경에 문제가 생긴 것 같습니다. 안전상 문제가 될 수 있으니, 현재 진행 중인 톰스파크 개방을 중단하면 어떨까요?"

"중단이라니요? 톰스파크의 하루 방문자 수가 얼마인 줄 아십니까? 여러분도 잘 알다시피 교류에도 탄력이 붙어 주변 소인국들과 함께 우리 톰스랜드도 많은 이득을 얻고 있지 않습니까?"

시장님이 말도 안 된다며 고개를 저었습니다.

"네, 맞습니다. 덕분에 우리 톰스랜드가 나날이 풍족해고 있지요. 그걸 모르는 바는 아닙니다."

"하지만 모두의 안전이 더 중요하지 않을까요? 특히 톰스파크는 아이들이 많이 찾는 곳이라 더더욱 조심해야 할 테고요."

사람들 사이에서는 다른 소인국들과 교류를 당장 중단하고 대안을 마련해야 한다는 쪽과 현재 상태로 유지해야 한다는 쪽으로 의견이 나뉘었습니다. 사람들은 치열하게 의논한 끝에 현재처럼 유지하기로 했습니다. 대신 대비책을 마련하기로 했지요.

먼저 해일과 같은 긴급 상황이 발생했을 때 모든 인파를 대피시킬 장소를 정했습니다. 톰스랜드는 높은 지대인 하이힐 언덕과 외부에서 물이 들어오기 힘든 음식 저장소를 대피 장소로 정했습니다. 톰스랜드처럼 높은 언덕이 없는 톰스파크는 지하 공간을 대피 장소로 정했지요. 지하 공간들끼리의 이음새가 대나무 뿌리처럼 촘촘해 물 샐 틈이 없어서 안전했기 때문입니다.

하지만 해일이 발생하면 엄청나게 많은 물이 빠르게 들

어찹니다. 그렇기 때문에 음식 저장소와 지하 공간이 아무리 안전하다고 해도 마음을 놓을 수 없었습니다. 그래서 되도록 높은 장소로 대피하는 훈련을 했고, 톰스파크의 하루 입장객 수도 최소한으로 줄였습니다. 또한 톰스랜드 전체에 최대한 빨리 위험을 알릴 수 있도록 곳곳에 확성기도 설치했습니다.

이 소식은 삼총사에게도 전해졌습니다.

"얘들아, 소식 들었지?"

예강이의 말에 유안이와 도건이가 고개를 끄덕였습니다. 삼총사는 인명 구조 로봇의 완성을 서둘렀습니다.

12장
어린이 구조대의 활약

둥둥둥.

“또 진동이야? 오늘만 세 번째야!”

“이거 불안해서 일이 손에 안 잡히네.”

최근 톰스랜드에서는 지진으로 인한 진동이 연달아 발생했습니다. 그런데 오늘은 조금 달랐습니다.

덜덜덜, 쿵!

지금까지는 짧은 진동으로 끝났는데 오늘은 진동이 계속 이어졌습니다. 진동은 조금씩 강해져 물건이 넘어지고 가구도 쓰러졌습니다. 이제는 건물까지 흔들렸습니다. 겁에 질린 사람들이 건물 밖으로 하나둘 나왔습니다.

하지만 땅이 심하게 흔들리는 바람에 사람들은 힘없이 넘어졌습니다. 땅이 파이며 생긴 구덩이로 수십 명이 굴러떨어졌습니다. 그 위로 건물이 무너지며 사람들을 덮치려고 할 때였습니다.

윙, 철컹!

사람들은 건물에 깔려 죽겠구나 생각하고 눈을 질끈 감았습니다. 그런데 아무 일도 일어나지 않았습니다. 조심스레 눈을 떠 보니 쓰러지던 건물이 공중에 떠 있었습니다. 삼총사가 만든 인명 구조 로봇 쿵이 쓰러지는 건물을 받치고 있었지요. 바퀴 주변에 설치한 다리가 효과를 발휘했습니다. 쿵은 단단히 건물을 받쳐 사람들이 피할 시간을 벌어 주었습니다.

"시간이 없어요. 어서 피하세요!"

예강이와 도건이가 구덩이에 빠진 사람들에게 소리쳤습니다. 하지만 구덩이가 깊어서 쉽지 않았습니다. 그때였습니다.

붕.

한 소녀가 공중에서 날아와 구덩이 앞에 사뿐히 내려앉았습니다. 리사였습니다. 리사는 줄을 풀어 사람들을 한 명

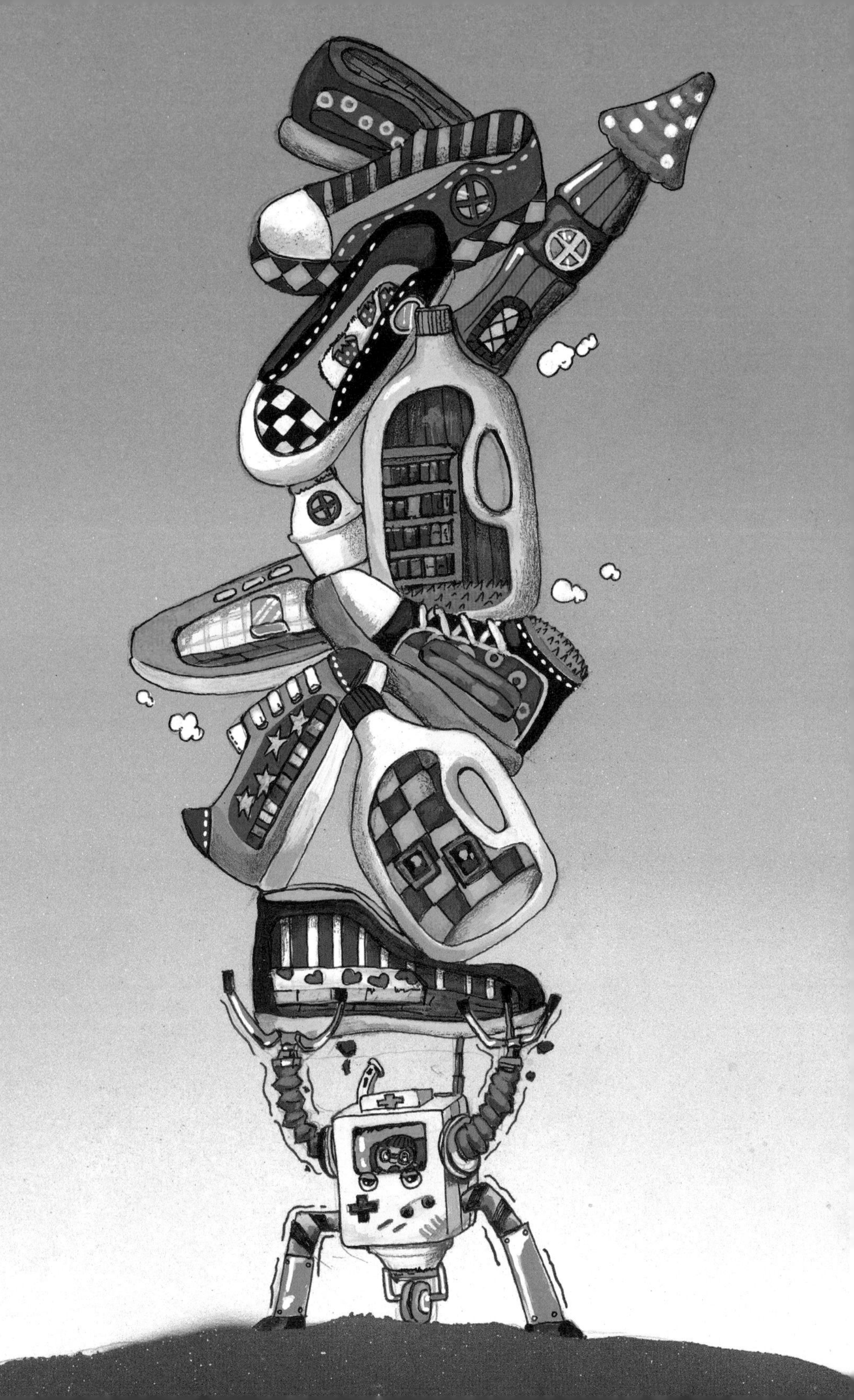

씩 이동시켰습니다. 예강이와 도건이도 도왔지요. 그런데 마지막 순간에 도건이가 발을 헛디뎌 구덩이로 굴러떨어졌습니다. 리사가 한 번 더 나서려고 했지만, 너무 많이 사용한 탓에 프로펠러 헬멧의 작동이 멈추었습니다.

"내가 간다!"

그때 덩치가 큰 사내아이가 구덩이로 뛰어 들어갔습니다. 스카이 콩콩 운동화를 신은 재이였습니다. 재이는 도건이를 안고 땅을 한 번 구르더니 높이 뛰어올라 안전한 곳에 내려 주었습니다.

유안이가 그제야 쿵이 받치던 건물을 내려놓았습니다. 그야말로 긴박한 순간이었습니다.

"얘들아, 정말 고마워."

유안이가 재이와 리사에게 인사를 했습니다.

"아냐, 너희가 더 큰일을 해냈지."

리사가 고개를 저으며 말했습니다.

"재이야, 고맙다. 덕분에 나올 수 있었어."

도건이도 재이에게 인사를 했습니다.

"역시 삼총사야! 이렇게 위급한 현장이라면 너희가 반드시 있을 거라고 생각했어. 너희는 우리에게 늘 모범이 되니까."

재이가 쑥스러운 듯 다른 곳을 바라보며 말했습니다. 평소 말은 까칠하게 했어도 재이는 톰스랜드 레이싱 대회 우승자인 삼총사를 닮고 싶어 했습니다. 삼총사가 열심히 노력하는 모습을 보며 영향을 받았지요.

"그건 그렇고, 이제 상황이 다 끝난 건가?"

예강이가 주위를 둘러보며 말했습니다.

"글쎄, 이제 조용한데?"

도건이가 말했습니다.

"다들 괜찮으세요?"

사람들을 대피소로 안내하는 안전 요원들이 곳곳을 점검하며 돌아다녔습니다.

그때였습니다.

"잠시만요, 오고 있어요! 오고 있어!"

높은 곳에서 망보던 샬라송랜드 사람이 소리쳤습니다.

"뭐가 온다는 거죠?"

"엄청나게 큰 해일 같아요. 저도 처음 보는 광경입니다!"

곧 다른 사람들도 거대한 파도가 몰려오는 것을 보았습니다. 이제껏 본 적 없는 엄청난 크기였습니다.

"시, 시장님은 어디 계시죠? 어서 보고를!"

"아닙니다. 바로 전체 대피령과 경보를 울려 주세요!"

사람들은 우왕좌왕하며 어쩔 줄 몰랐습니다.

엥-!

톰스랜드 전체에 비상경보가 울렸습니다. 톰스랜드에서는 지금과 같은 상황을 대비해 세워 둔 계획이 있었습니다. 하지만 생각했던 것보다 해일이 다가오는 속도가 너무 빨랐습니다.

"다른 건 다 포기하고, 가족들과 함께 하이힐 언덕과 음식 저장소로 서둘러 대피하기 바랍니다!"

시장님은 경보 방송을 하고는 부하 직원에게 물었습니다.

“톰스파크에는 사람들이 얼마나 있지?”

“아주 많이 있습니다. 특히 아이들이 많습니다.”

부하 직원이 대답했습니다.

“이런 거대한 해일에는 톰스파크, 아니 그 어떠한 것도 버틸 수 없을 거야. 톰스파크에 있는 사람들을 모두 지하 공간으로 안내하게. 지금 당장!”

시장님이 급히 지시했습니다.

하늘에서는 거대한 새들이 무리 지어 날아갔습니다. 그동안에도 새가 이동하는 모습을 가끔 볼 수 있었지만, 이렇게 대규모로 이동하는 건 처음이었습니다.

아이들이 있는 가정이 대피하도록 정해진 장소는 원래 하이힐 언덕이었습니다. 하지만 삼총사가 지금 있는 곳에서는 음식 저장소가 더 가까웠습니다.

“우리도 어서 피하자!”

예강이가 소리쳤습니다.

“여기 사람들도 함께 가야지.”

유안이는 이렇게 말하고는 쿵을 조종했습니다. 쿵은 예강이와 도건이는 양손에 쥐고, 다른 사람들은 근처에 있던 수레에 태운 채 끌었습니다. 재이는 리사와 함께 스카이 콩콩으로 이동했습니다.

썰물 때도 아닌데 바닷물이 순식간에 빠져나갔습니다. 처음 보는 광경이었습니다. 분명 좋은 징조는 아니었지요.

가까스로 도착한 음식 저장소 앞은 몰려든 사람들로 매우 혼잡했습니다. 유안이는 쿵을 조종해 예강이와 도건이를 조심스럽게 내려놓았습니다. 수레에 탄 사람들도 모두 내려 음식 저장소 입구로 향했습니다.

유안이도 쿵에서 재빨리 뛰어내렸습니다. 저장소로 들어가려면, 안타깝지만 쿵을 밖에 둘 수밖에 없었습니다.

1
3
4
5

'안녕, 우리가 처음 만든 로봇 쿵. 정말 고마웠어!'

이별의 슬픔을 느낄 새도 없이 삼총사는 대피하는 사람들 사이에 뒤엉켰습니다. 그러다가 유안이와 도건이는 그만 예강이와 헤어지고 말았습니다.

"어? 예강이는? 방금 전까지 함께 있었는데?"

도건이가 주위를 두리번거리며 물었습니다. 하지만 둘은 더 이상 예강이를 찾지 못한 채, 사람들 틈에 끼여 음식 저장소 비상문 앞으로 순식간에 떠밀려 갔습니다. 비상문은 높은 곳에 있는 줄을 당겨야만 열 수 있는 구조였습니다. 그때 한 청년이 높이 점프해 줄에 매달리며 외쳤습니다.

"지금입니다!"

"예강아! 곧 다시 만나자, 꼭! 알겠지?"

유안이가 크게 소리쳤습니다. 예강이가 어딘가에서 이 말을 들었을 거라고 굳게 믿었지요.

마지막 사람까지 들어간 것을 확인한 뒤 청년은 줄을 놓고, 비상문이 완전히 닫히기 전에 얼른 안으로 뛰어들었습니다.

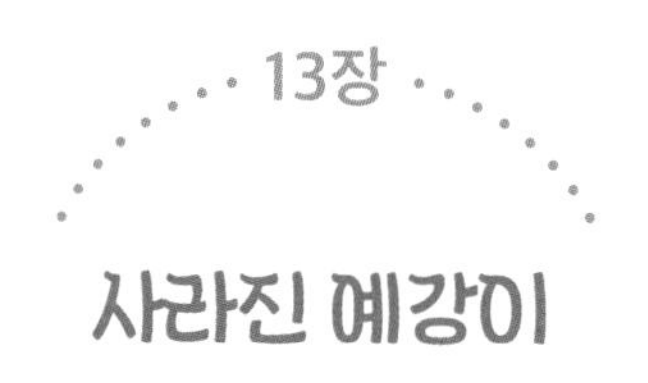

13장 사라진 예강이

음식 저장소 안으로 대피한 사람들은 겁에 질려 웅성거렸습니다.

"부모님이 걱정하시겠다. 하이힐 언덕에서 우리를 찾고 계실지도 몰라."

유안이가 말했습니다.

"그러게 말이야. 대피 장소로 잘 가셨겠지?"

도건이도 걱정스러운 표정이었습니다.

"응, 분명 잘 가셨을 거야."

"그런데 예강이는 어디에 있을까?"

"어쩌면 우리보다 먼저 들어왔을지도 몰라. 조금 뒤에

찾아보자."

유안이가 말을 끝냈을 때였습니다. 옆에 있던 할아버지 한 분이 두 아이를 불렀습니다.

"애들아, 저기……."

그때였습니다.

쿵!

음식 저장소가 갑자기 요란하게 흔들렸습니다. 해일이 드디어 톰스랜드를 덮친 것일까요? 저장소 안의 불빛이 몇 번 깜빡깜빡하더니 완전히 암흑으로 바뀌었습니다. 전기가 끊긴 것 같았습니다. 전기가 없으니 이제 톰스랜드의 혼란은 더욱 커질 게 뻔했습니다.

"두꺼비 아저씨한테 무슨 일이라도 생긴 걸까?"

어둠 속에서 도건이가 유안이에게 물었습니다.

"그런 것 같아."

"우리 집도 무너졌겠지? 작업실도?"

도건이가 다시 중얼거렸지만 유안이는 아무 대답도 하지 않았습니다.

한편, 높다란 하이힐 언덕에서는 순식간에 파도에 뒤덮이는 톰스랜드의 모습을 볼 수 있었습니다. 대부분의 건물이 바닷물에 힘없이 휩쓸렸습니다. 해일 앞에서는 그 어떤 것도 힘을 쓰지 못했습니다. 그동안 힘들게 이뤄 낸

것들이 눈앞에서 한순간에 사라지자 사람들은 절망에 빠졌습니다.

"아이들은 잘 대피했을까요?"

예강이 삼촌이 걱정이 가득한 얼굴로 말했습니다.

"그럼요, 어떤 아이들인데요!"

유안이 엄마는 속으로는 걱정스러웠지만, 겉으로는 일부러 더 씩씩하게 말했습니다.

줄줄.

“이게 무슨 소리지?”

바로 물 흐르는 소리였습니다. 음식 저장소에 물이 새기 시작했습니다. 문틈 사이로 물이 새어 들어온 것이었지요. 사람들은 서둘러 틈을 막았습니다. 바닷물이 톰스랜드 전체를 뒤덮은 모양이었습니다. 진동도 더욱 심해졌습니다.

“이곳도 더 이상 안전하지 않은 걸까요?”

암흑 속에서 누군가 말했습니다. 사람들은 서로 볼 수는 없었지만 얼마나 불안해하는지 느낄 수 있었습니다.

열심히 문틈을 막은 보람도 없이, 시간이 지날수록 음식 저장소 바닥에 물이 차오르기 시작했습니다.

“다들 위층으로 피하세요. 아래층은 이제 위험합니다!”

누군가 소리쳤습니다. 가뜩이나 좁은 공간에 아래층 사람들까지 들어오자 모두가 힘들어졌습니다. 두려움에 떨며 해일이 빨리 지나가기를 기다릴 수밖에 없었지요.

시간이 얼마나 지났을까요? 밖에서 들려오던 소리와 진동이 사라지고 어느덧 조용해졌습니다.

똑똑.

밖에서 문을 두드리는 소리가 들렸습니다. 힘겹게 문이 열리고, 그 틈새로 한 줄기 빛이 새어 들어왔습니다.

"이제 나오셔도 됩니다."

톰스랜드에서 가장 힘이 센 철수 아저씨였습니다. 음식 저장소에 있던 사람들이 하나둘 문밖으로 나왔습니다. 해일이 할퀴고 지나간 톰스랜드의 모습은 너무나 처참했습니다.

"전부 사라졌네……."

유안이가 중얼거렸습니다. 겹겹이 쌓아 올린 신발 다세대 주택도, 여름에 신나게 수영했던 타이어 수영장도, 형형색색 플라스틱 상가도 모두 사라져 버렸습니다. 이 모든 게 단 몇 시간 만에 벌어진 일이라니, 도저히 믿을 수가 없었습니다.

유안이와 도건이는 잠시 뒤 리사와 재이를 만났습니다.

"너희 혹시 예강이 못 봤니?"

유안이가 물었습니다.

"너희랑 함께 있지 않았어?"

"음식 저장소에 들어가기 직전까지는 함께 있었는데, 갑자기 사람들이 몰리면서 흩어졌어."

리사의 말에 도건이가 대답했습니다.

"그래? 그러면 우리 함께 찾아보자."

재이가 말했습니다.

하지만 예강이는 어디에도 없었습니다. 그때, 아까 음식 저장소에서 유안이와 도건이에게 뭔가 말하려고 했던 할아버지가 다가왔습니다.

"얘들아, 친구를 찾고 있니?

"네, 맞아요! 할아버지, 혹시 보셨어요?"

유안이가 눈을 커다랗게 뜨며 물었습니다.

"그 아이는 큰 새에게 잡혀갔어. 그 새가 발톱으로 아이를 꽉 움켜쥐고는 동쪽으로 날아가더구나."

할아버지는 손짓으로 동쪽을 가리켰습니다.

톰스랜드에서 큰 새로 불리는 것은 흰색 바탕에 검은색

줄무늬가 있고, 부리가 날카로운 갈매기였습니다.

“그러고 보니 우리가 음식 저장소 입구에서 흩어졌을 때 주변에서 본 것 같아.”

도건이는 그때 하늘에 떠 있던 큰 새 무리를 떠올렸습니다. 예강이를 저 넓고 높은 하늘로 데려갔다니…….

“우선 부모님을 만나서 이 사실을 알리자.”

유안이가 울먹이며 말하자 다들 고개를 끄덕였습니다.

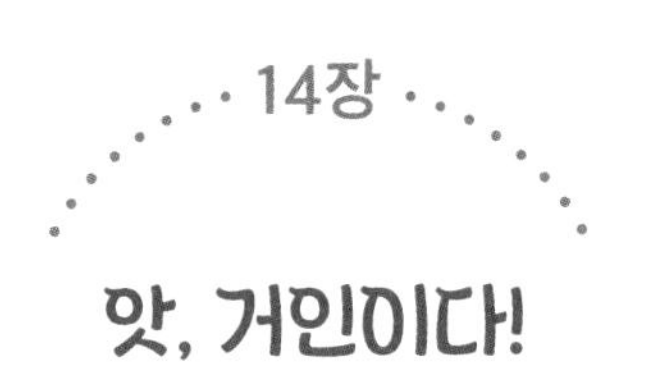

14장

앗, 거인이다!

“도건아, 유안아! 무사했구나!”

도건이와 유안이는 하이힐 언덕으로 대피했던 가족들과 다시 만났습니다.

“그런데 우리 예강이는 어디 있니?”

예강이 삼촌의 말에 아이들은 눈물을 왈칵 쏟았습니다.

“저희와 함께 있었는데, 음식 저장소 입구에서 갑자기 사라졌어요. 큰 새에게 잡혀갔대요. 끝까지 손을 놓지 말았어야 했는데……. 정말 죄송합니다.”

유안이가 눈물을 뚝뚝 흘리며 말했습니다.

예강이는 어릴 때 부모님이 돌아가셔서 삼촌 손에서 자랐습니다. 예강이 삼촌은 다리에 힘이 풀려 털썩 주저앉고 말았습니다. 유안이 부모님도 예강이를 자식처럼 생각했기에 충격으로 입을 다물지 못했습니다.

"얘들아, 걱정하지 마라. 우리 어른들이 예강이를 꼭 찾아 주마."

유안이 아빠는 아이들을 안심시키고 곧장 시장님을 만나러 갔습니다. 시장님의 힘을 빌려 사람들을 모아 예강이를 찾으려는 생각이었지요. 하지만 해일이 휩쓸고 지나간 뒤라 모든 상황이 좋지 않았습니다. 예강이를 찾는 일도 중요했지만 수많은 사람이 당장 오늘 밤 잘 곳을 찾기도 힘들었기 때문이었지요.

톰스파크의 상황도 마찬가지였습니다. 마치 환상적인 동화 속 같던 톰스파크의 모습은 완전히 사라졌습니다. 그나마 사람들을 미리 지하로 대피시켜 아무도 죽거나 다치지 않아 다행이었습니다.

시장님이 피해 규모를 파악하느라 바쁜 것을 보고 유안이 아빠는 그대로 돌아왔습니다.

"아빠, 그럼 예강이는 어떻게 해요?"

유안이가 묻자 아빠가 대답했습니다.

"지금부터 예강이 삼촌이랑 같이 찾아보자꾸나."

도건이네와 유안이네 가족 그리고 예강이 삼촌은 그길로 예강이를 찾아 나섰습니다. 작은 섬나라인 톰스랜드 안에서 누군가를 찾기란 그리 어려운 일이 아니었습니다. 그런데 예강이를 잡아간 큰 새는 분명 동쪽 하늘로 날아갔다고 했습니다. 그 말은 톰스랜드에 없을 수도 있다는 뜻이었지요. 도건이와 유안이는 서로 눈빛을 교환했습니다.

"도건아, 시간이 없어. 서둘러야 해."

"큰 새가 있는 곳까지 어떻게 가지?"

"그동안 톰스랜드에서 만든 것들 대부분이 파괴되어 못쓰게 됐을 거야. 플라스틱 비행선이 하이힐 언덕에 있다고 해도 예강이가 있는 곳까지 못 갈 수도 있고."

유안이의 말에 도건이가 고개를 끄덕였습니다.

"그렇다면 우리도 예강이랑 똑같은 방법으로 가면 되지 않을까?"

"똑같은 방법? 설마……."

"맞아, 큰 새! 우리가 잡자."

톰스랜드에서 하늘을 나는 큰 새를 잡다니, 말도 안 되는 일이었습니다.

"큰 새가 좋아하는 먹이로 유인하는 건 어때? 그런 다음 밧줄로 발을 묶으면 잡을 수 있을 거야."

유안이가 제안했습니다.

"그래, 그럼 어른들에게 도움을 청하자."

도건이가 어른들에게 말하려 하자 유안이가 말렸습니다.

"아냐, 우리끼리 해결해야 해. 위험하다고 못 하게 하실 거야."

이곳 사람들은 섬 주변을 떠난 적이 없었습니다. 바다 건너편에는 무시무시한 거인들이 살 거라고 생각했거든요. 그러니 어른들이 알면 말릴 것이 뻔했습니다.

"좋아, 우리끼리 가자! 그런데 큰 새는 어디에 있을까?"

"사람들이 그러는데 해변에 가면 큰 새를 볼 수 있대. 내가 곰곰이 생각해 봤는데, 큰 새가 계속 날도록 먹이를 주면 될 것 같아. 낚싯줄로 먹이를 묶어서 큰 새의 부리 앞에 닿을 듯 말 듯 흔들면, 먹이를 먹기 위해서라도 계속 날지 않을까?"

유안이와 도건이는 부모님에게 쪽지를 남겼습니다. 그

리고 계획한 대로 큰 새를 사냥하러 큰 과자를 낚싯대에 매달고 해변으로 갔습니다. 사람들의 말대로 해변에 가니 큰 새 무리를 볼 수 있었습니다.

"분명 저 새에게 답이 있을 거야."

유안이가 비장하게 말했습니다. 도건이와 유안이는 과자와 밧줄을 모래 위에 놓고 큰 새가 다가오기를 기다렸습니다. 조금 뒤 큰 새 한 마리가 다가오더니 과자를 부리로 콕 쪼아 먹었습니다. 실제로 눈앞에서 본 새는 두려울 정도로 컸습니다. 하지만 도건이와 유안이는 때를 놓치지 않았습니다.

"지금이야, 달려!"

두 아이는 밧줄을 잡고 힘껏 달렸습니다. 큰 새는 화들짝 놀라서 달아나려 했지만, 다리가 묶여 얼마 못 가 바닥으로 고꾸라졌습니다.

유안이와 도건이는 재빨리 큰 새의 등에 올라탔습니다. 도건이가 큰 새 다리에 묶인 밧줄을 풀었습니다. 그러자 큰 새는 고삐 풀린 듯 달리기 시작했지요.

"바위다, 조심해!"

큰 새는 아이들이 자기 등에 올라탄 것이 몹시 불편한

지 여기저기 부딪히기도 하고, 해변에 드러눕는 시늉을 하기도 했습니다.

그러다가 유안이가 낚싯줄에 매단 과자를 부리 앞으로 늘어뜨리자, 이내 안정을 찾고는 과자를 먹기 위해 하늘로 날아올랐습니다. 큰 새는 곧 두 날개로 균형을 잡으며 하늘을 날았습니다.

"도건아, 우리가 하늘을 날고 있어!"

"정말 신기하다! 그런데 좀 무섭기도 해. 톰스랜드를 떠나는 게 태어나서 처음이잖아. 그나저나 예강이는 잘 있겠지?"

"우리 중에서 가장 지혜로운 녀석이잖아. 어디선가 우리를 꼭 기다리고 있을 거야."

두 아이는 하늘에서 톰스랜드를 내려다보았습니다. 톰스랜드가 저 멀리 조금씩 작아졌습니다. 사람들은 임시로 지낼 막사를 짓느라 열심이었습니다. 예강이를 찾는 예강이 삼촌과 유안이 부모님, 도건이 할아버지의 모습도 보였습니다.

"예강이를 찾아서 돌아올게요."

"그동안 다들 안녕히 계세요!"

두 아이가 소리쳤습니다.

"도건아, 다시 톰스랜드로 돌아온다면 사람들에게 들려줄 이야기가 무척 많을 것 같아."

유안이가 눈을 빛내며 말했습니다.

큰 새는 과자를 먹으려고 계속 앞으로 나아갔습니다. 유안이는 예강이가 있는 곳에 무사히 도착하기만 하면 큰 새에게 과자를 배불리 먹게 해 주어야겠다고 마음먹었습니다.

큰 새는 톰스랜드의 플라스틱 비행선보다 몇 배나 빨랐습니다. 금방이라도 예강이가 있는 곳에 데려다줄 것 같았지요. 하지만 그런 기대도 잠시, 갑자기 나타난 시커먼 벽이 두 아이의 앞을 가로막았습니다.

"저게 뭐지?"

유안이가 고개를 갸우뚱하며 말했습니다. 거대한 벽은 아이들을 향해 점점 더 가까이 다가왔습니다.

큰 새는 가까스로 방향을 틀어 위로 올라갔습니다. 하마터면 벽에 부딪힐 뻔했지요.

하지만 위기는 끝나지 않았습니다. 두 아이의 눈앞에 거인이 나타났기 때문입니다.

거인의 얼굴은 커다란 바위만 했고, 손은 삼총사의 키보다 두 배나 컸습니다. 톰스랜드 사람들이 상상 속에서 그려 왔던 것처럼 거대했지요. 그러나 머리에 뿔이 달린 도깨비처럼 두려운 모습은 아니었습니다. 큰 새는 거인이 손에 쥔 과자를 노리고 달려들었습니다.

"아이코!"

유안이와 도건이는 순간적으로 중심을 잃고 배 난간에 떨어지고 말았습니다. 아이들의 비명을 거인이 들은 것일까요? 정신을 차린 유안이와 도건이는 바로 눈앞에서 거인의 커다란 눈과 마주쳤습니다. 거인의 어깨에 매달린 괴상한 생명체가 금방이라도 아이들을 삼켜 버릴 것처럼 쩝쩝 입맛을 다셨습니다.

두 아이는 너무나 놀라서 도망갈 생각도 못 했습니다. 예강이를 찾기는커녕 거인에게 금방이라도 붙잡힐 것만 같았습니다. 아이들의 운명은 과연 어떻게 될까요?

쓰레기 왕국
톰스랜드

초판 인쇄 2024년 11월 20일
초판 발행 2024년 11월 25일

지은이 정도영
펴낸이 정은영
편집 한미경, 김혜영
디자인 DesignPark
마케팅 정원식

펴낸곳 주니어마리
출판등록 제2019-000293호
주소 (04037) 서울시 마포구 양화로 59 화승리버스텔 503호
전화 02)336-0729, 0730 **팩스** 070)7610-2870
홈페이지 www.maribooks.com
Email mari@maribooks.com
인쇄 (주)신우인쇄

ISBN 979-11-985556-6-3 (74810)
979-11-985556-0-1 (세트)